반전 매력을 가진 연극인 임지윤

?

두 살 때

2013년 대학 축제 때

대학교 졸업사진

?

『함께걸음』 잡지 표지

2015년 <하늘이 붉었던 날> 공연 후

2016년 장애청년드림팀 발대식에 참여한 AA팀

2016년 뉴욕 센트럴파크에서 브라이언 샌더스(Brian Sanders)와 함께

2016년 미국 장애 운동가 주디스 휴먼(Judith Heumann)과 AA팀

2018년 <아빠가 사라졌다> 공연팀

?

2021 <임지윤의 하루>

2022 <임지윤의 하루 2>

태권도 첫 대회 출전

?

누구 시리즈 **35**

문학적 초상화 프로젝트
2024년 <누구?!시리즈10>을 발간하며

궁금증이 감탄으로 변하게 하는 이야기를 담은 작은 인문학도서 <누구?!시리즈>를 기획하게 되었다. 인문학이란 사람의 이야기를 기본으로 하는데 그 삶에서 장애는 비장애인들이 경험하지 못한 특별한 이야기여서 사람들에게 감동을 준다.

특히 장애인예술은 장애예술인의 삶 속에서 녹아 나온 창작이라서 장애예술인 이야기를 책으로 만드는 <누구?!시리즈>는 꼭 필요한 작업이다. 이 책은 장애예술인의 활동을 알리는 소중한 자료가 될 것이기에 <누구?!시리즈> 100권 발간 목표를 세웠다. 의문과 감탄을 동시에 나타내는 기호 인테러뱅(interrobang)이 <누구?!시리즈>를 통해 새로운 감성으로 확산될 것으로 믿는다.

<누구?!시리즈 100>이 완간되면 한국을 빛내는 장애예술인 100인이 탄생하여 장애인예술의 진가를 인정받게 될 것이며, 100인의 장애예술인을 해외에 소개하면 한국장애인예술의 우수성이 K-컬처의 새로운 화두가 될 것이다.

_ (사)한국장애예술인협회 회장 방귀희

반전 매력을 가진 연극인 임지윤 - **누구 시리즈 35**
임지윤 지음

초판1쇄 발행 2024년 11월 1일

지은이 임지윤
펴낸이 방귀희
펴낸곳 도서출판 솟대
등 록 1991년 4월 29일
주 소 서울시 금천구 서부샛길 606, 대성지식산업센터 B동 2506-2호
전 화 02)861-8848
팩 스 02)861-8849
홈주소 www.emiji.net
이메일 klah1990@daum.net

값 12,000원

ISBN 979-11-989238-0-6 03810

주최

후원 🔵 문화체육관광부 🔲 한국장애인문화예술원
Korea Disability Arts & Culture Center

35

누구 시리즈

반전 매력을 가진
연극인 임지윤

임지윤 지음

모두가 다르게 태어나고, 모두가 성장하고 있다

도서출판
솟대

제 이야기를 하고 싶었습니다

아주 오래전부터 제 이야기를 하고 싶었습니다. 그 이유는 아직 스스로 정립되진 않았습니다. 생각보다 장년(壯年)에 쓰게 되었지만 태어나서 지금까지의 제 이야기를 나눠 보고자 합니다. 겉으로 보기엔 평범할 수도 있고 무난한 삶을 살아간 것 같지만, 사실 속 깊은 이야기를 잘하지 못하는 저에겐 이 책이 독자분들과 나눌 수 있는 유일한 마음 교류 수단이 될 것 같습니다.

나름 잘 나가는 지역에서 유년기를 보내고, 인문계 학교를 다니고, 국립예술대학을 졸업하고 국가대표까지 된 저는 남들이 겉으로 보기엔 부러울 만한 생활을 지냈습니다.
하지만 여기에 장애, 여성, 퀴어, 입양을 더하면 어떤 생활이었을까요? 이 중 하나만 가져도 대한민국에서 사는 것이 쉽지 않다고 생각이 드나요?

저는 그냥 살아 보았습니다. 누가 어떻게 보든, 어떻게 생각하든

제 삶을 살았습니다. 제가 스스로를 부정하거나 피하게 되면 제 인생이 없어지는 것이라고 생각했습니다. 제가 어떤 모습이든, 어떤 생활을 하든 저를 응원하는 사람들은 항상 제 곁에 있을 거라 믿었습니다.

그분들 덕분에 저는 지금도 씩씩하고 멋지게 살아가고 있습니다.

이 책을 보시고 무덤덤할 수도 있고, 공감이 될 수도 있고, 연민이 생길 수도 있고, 신기할 수도 있을 거라 생각이 듭니다. 혹은 그 외의 다른 감정이 생길 수도 있겠고요. 그 감정들을 충분히 느끼시고 독자분들의 삶에 의미가 되는 책이 되길 기원해 봅니다.

2024년 강아지별로 간 복실이를 그리워하며
연극인 임지윤

차례

여는 글—제 이야기를 하고 싶었습니다   12

지윤아, 사실 너는…   17

국립예술대학에 입학하다   26

극단 제이와이 첫 공연   37

8시간씩, 4번의 대수술   47

Arts Activated   52

KBS3 라디오의 패기 토크   61

!

나의 첫 직장   64

임지윤의 하루   69

지우와 지윤   77

예술이 뭐라GO   82

소속사가 생겼다   87

교토실험축제에서 배우다   94

장애인 태권도 국가대표 선수로 도전   101

지윤이가 지윤이에게   107

두 살 때

지윤아, 사실 너는…

…

나에 대해 글을 쓰려 한다면 가장 먼저 필요한 이야기라고 생각한다. 때는 2018년 10월 12일. 25세의 나는 서울에 상경한 지 5년이 지나고 있었고 부모님께서는 계절마다 대구에서 서울로 나의 자취 집을 정리해 주러 오셨다. 그날도 여느 날처럼 자취 집 정리를 끝내고 저녁 식사를 하러 가려 했는데 엄마는 정리할 일이 남았다고 아빠랑 나랑 둘이서 식사를 하고 오라고 하셨다. 그래서 아빠와 둘이서 자취 집 근처 곱창집을 가게 되었다. 오랜만에 아빠랑 둘이서 맛난 것을 먹는다는 생각에 들떠 있었다. 곱창과 소주를 시켜 맛있게 먹던 중 아빠가 말을 꺼내셨다. 그 상황을 연극 〈2022 임지윤의 하루 2〉에서 일부 발췌해 보았다.

> 임지윤 여느 때처럼 곱창에다가 쏘주 한잔 크으 맛있게
>   먹고 있었어요. 소주 한 병, 소주 두 병, 그렇게 몇
>   병을 마시고 있던 중 아버지께서 이야기를 시작

하셨어요.

아버지   "지윤아, 니는 언니 오빠들이랑 잘 지낸다고 생각
          하나?"
임지윤   "나이 차이가 나도 그래도 잘 지내고 있지."
아버지   "크면서 이상하거나 불편한 점은 없었고?"
임지윤   "그런 거 없었는데."

임지윤   그냥 아버지가 취해서 자식 걱정하는 줄 알았습
          니다. 그런데.

아버지   "사실 니를 데리고 왔다. 애망원에서.
          느그 엄마가 보육원 봉사 갔다가 니를 만나서.
          니가 눈에 밟혔단다.
          처음엔 가정체험으로 며칠, 몇 주 그러다가 몇 달
          데리고 있었는데, 그동안 고민도 많이 했지. 우리
          가 잘 키울 수 있을까.
          그러다가 자신이 없어서 마지막으로 니를 보육원
          에 다시 데려다 주려 했지.
          근데 그날 비가 억수로 오더라. 그 비를 뚫고 니
          를 데려갔는데. 마지막으로 인사하고 침대에 놓
          으려는데 니가 내 옷깃을 꼭 잡더라.

돌도 안 된 애가 뭔 힘은 그렇게 쎄던지. 겨우 떼어 놓고 계단을 하나 내려갔는데. 천둥이 엄청 치더라. 가지 말라는 뜻처럼. 미친 듯이 치더라.
그래서 결심했지. 니를 키워야겠다고.
그 이후로 니는 우리 가족이 된 거다.”

임지윤 그 말을 듣고 멍해졌어요. 무슨 소설 같은, 고전 이야기 같은. 내가 취했나? 싶었어요. 아버지께 화장실 다녀오겠다고 하고 나가서 친구에게 전화를 했어요. 그리고 아무 말도 못하고 엄청 울었어요.

_연극 〈임지윤의 하루 2〉 중에서

그때 상황은 몇 년이 지나도 생생히 기억난다. 아마 몇십 년이 지나도 생생히 기억날 것 같다. 내 인생의 시작을 25년 만에 처음 들었으니 충격이 어마했을 것이다. 하지만 별일 아니란 듯이 그날 식사를 하고 부모님과 노래방을 가고 다음 날 배웅을 잘해 드렸다. 마음속으로 울컥울컥했지만 간신히 참았다.

그날 이후로 어떤 마음으로, 어떤 생각으로 지냈는지는 잘 기억이 나지 않는다. 처음에는 꿈속에서 지내는 듯한 느낌이 들었다. 그러다 나만 몰랐던 나의 이야기여서 배신감도 들었다. 그 배신감은 누굴 향한지는 모르겠다. 그러다가 문득 지금까지 잘 키워 준 우리 가족에게 고마운 마음이 들었다. 과연 나였으면 입양한 자식을 잘 키울 수 있었을까 라는 마음이 들기도 했다. 정말 여러 가지 감정과 생각들이 하루에도 수십 번 왔다 갔다 했다.

아빠는 나와 저녁을 같이 먹었던 날, 나의 생부모를 찾아보라는 마음에 어느 보육원에서 데려왔는지, 어떤 과정으로 데려왔는지 알려 주셨다. 혹시나 술에 취해 다음 날에 기억이 나지 않을까 핸드폰으로 열심히 메모를 했다. 그 후 그 메모를 가지고 백방으로 알아보았다. 가장 쉬운 방법부터 시작으로 인터넷에 생부모 이름으로 인물 검색을 해 보고, 보육원을 찾아가 내 자료를 공유받고, 경찰서를 찾아가 보육원에서 받은 자료를 공유하고 DNA 검사도 해 보는 등 정말 할 수 있는 모든 방법을 동원해 보았다. 보육원과 경찰에서 받은 자료는 내가 태어나고 퇴원 후 이틀 뒤에 보육원 앞에 유기되었다는 '기·미아 보호의뢰서'와 대성원(현 대구아동복지센터)에서 애망원(장애아동복지센터)으로 전원 조치가 적힌 '아동 카드'와 생모와 이모들의 정보가 적힌 '친권 포기 각서'였다. 나에겐 유일한 믿을 만한 자료였다. 그러고선 초조한 마음으로 하루하루를 보냈다. 그리고 몇 주 뒤 경찰서에서 연락이 왔다. 문자를 열어 볼 땐 어떤 대답이 왔을지 궁금하기도 하고 심장이 너무 떨렸다. 답은 이러했다. 경찰 측에서 찾아보았지만, 생모는 해외에 있어서 더 이상 연락할 방법이 없다고 하였고, '친권 포기 각서'에 증인으로 적힌 이모들은 나를 만나고 싶지 않다

KBS <인간극장> 방송화면

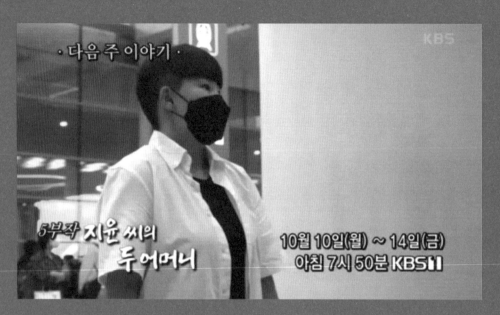

· 다음 주 이야기 ·

KBS

5부작 지윤 씨의
두 어머니

10월 10일(월) ~ 14일(금)
아침 7시 50분 KBS1

KBS <인간극장> 방송화면

고 했다. 원래라면 생모와 이모들의 성(姓)이 같아야 하지만 친권 포기 각서엔 생모와 이모들의 성이 달랐기 때문에 그땐 그냥 지인인 이모들인 줄 알았다. 그 지인들은 다시 25년 전의 이야기를 꺼내기엔 껄끄러울 수 있겠지 라며 더 이상 찾고 싶은 마음을 접을 수밖에 없었다. 사실은 다행인지 아닌지 복잡했다. 아직 생모가 살아 계시지만 한국에 없어서 만날 수 없다는 점이 더 궁금하고 마음을 복잡하게 만들었다.

그 후 몇 년이 흐르고 2021년, 〈임지윤의 하루〉라는 작품을 제작하면서 다시 생모에 대한 궁금증이 생기기 시작했고 정말 마지막이라고 생각하며 여러 방법을 총동원하면서 찾기 시작하였다. 먼저 그 이모들을 다시 찾아야 했다. 몇 년 전엔 나를 보기 힘들다고 얘기했지만 몇 년이 지난 뒤엔 마음이 바뀌지 않았을까 라는 기대를 가지고 시작했다. 여전히 마음이 바뀌지 않았을 수도 있지만 그래도 시작했다. '친권 포기 각서'에 적힌 이모들의 예전 주소를 시작으로 현주소를 알게 되었고, 현재 이모들의 집을 방문해 먼저 편지를 써서 우체통에 넣었다. 무작정 내 모습을 보이기보단 내가 누구고, 어떤 이유로 찾아왔고, 만나 줄 수 있는지에 대한 편지를 적고 기다렸다. 생각보단 빠르게 바로 다음 날 연락이 왔고 만나자고 했다. 너무 떨렸다. 처음으로 생모에 대한 이야기를 해 줄 수 있는 분들을 만나는 자리라 긴장도 되고 기대도 되었다. 그런데 보자마자 지인 이모가 아닌 친척 이모라는 걸알 수 있었다. 이모들은 나를 보자마자 울었고 미안하다고 했다.

그땐 왜 미안한지 몰랐지만, 추후엔 어림짐작이 갔다. 그리고 천천히 생모에 대한 이야기를 시작했다. 생모는 결혼을 하고 미국으로 갔는데 미국에선 남편 성(姓)을 따라야 해서 이모들이랑 성이 달랐던 것이다. 원래 생모 이름은 '김경애'. 내 위에 세 살 언니도 있었고, 지금은 LA에 거주한다고 들었다. 그리고 하나의 영상을 보여 주셨는데, 1977년 제1회 대학가요제에 나온 생모의 모습이었다. 영상을 보고 다시 한 번 놀랐다. 나와 비슷한 나이대의 생모 모습이 나오는데 나랑 너무 닮았었다. 태어나서 나랑 이렇게 닮은 사람을 처음 본 날이었다. 사실 어렸을 때부터 대구 부모님과도 무척 닮아서 정말 입양과 관련하여 의심 없이 자랐는데, 그보다 더 닮은 사람을 본 게 충격적이기도 했다.

며칠 뒤 이모들을 통해서 생모와 연락이 닿았고, 약 1년 동안 메시지를 주고받았다. 생모는 첫 장문의 메시지와 함께 미안하다는 말을 연신했다. 어색하지만 이것저것 이야기하며 현재 어떻게 지내는지 이야기했다. 하지만 과거의 이야기는 많이 하지 못했고, 나 또한 그것은 만나서 이야기할 거리로 생각해 미뤘었다.

그러다가 2022년 9월, 생모와 나는 처음 만났고, 다음 달 10월 KBS〈인간극장〉을 통해 나와 생모의 만남은 방영되었다. 우리는 약 10일간 한국에서 함께했는데, 생각보다 많은 이야기를 하지 못했다. 내가 궁금한 점들을 물어보았지만, 생모는 줄곧 기억이 나지 않는다고 답변하였다. 생모는 나를 임신했을 때부터 출산 후 몇 년간의 기억이 없다고 하였다. 조금 허탈하고 그동안의 노력이 무산되는 느낌이었다. 그래서 그다음 대화를 하지 못하였다. 그렇게 짧은 만남을 마무리해야 했다.

그리고 기적처럼 〈인간극장〉을 보고 생부가 보육원을 통해 연락을 해 왔다. 생부는 현재 대구에 살고 있었고, 나의 존재를 그동안 모르고 사셨다고 했다. 생부의 말로는 내가 태어날 때 생부는 생업 때문에 미국에 있었고 생모만 한국 와서 나를 낳았다고 했다. 그러다 외가 쪽으로부터 내가 이미 태어나자마자 죽었다고 들었다 했다. 이 이야기를 듣고 이모들에 대한 마음이 더 불편해졌다. 내가 워낙 약하게 태어났지만 난 아직 죽지 않았었다. 생부는 그 사실을 모른 채로 생모에게 나에 대한 아픈 얘기를 꺼내지 못하고 그렇게 사셨다고 했다. 그러고선 몇 년 뒤 두 분은 이혼하고 각자 삶을 사셨다고 들었다.

생모와는 한국에서 한 번 그 후 미국에서 한 번, 총 두 번의 만남을 가졌지만 아직 궁금증이 많이 남아 있다. 나는 생부모를 찾을 때부터 내가 받을 상처는 이미 감내할 마음이었다. 사실 생부모가 나를 안 만나고 싶어 할 수도 있고, 이미 세상에 없을 수도 있고, 혹은 그들에게 더 모진 말을 들을 수도 있었겠지만 나는 어떠한 상처보다 궁금함이 더 컸다. 나는 내가 어떤 과정으로 보육원 앞에 유기되었는지, 출산 과정은 어땠는지, 생부모는 자세히 어떤 상황이었는지 등에 대한 궁금증은 아직 풀리지 않은 상황이다. 이 부분들을 감수하고 그냥 예전처럼 지내야 할지, 끝까지 풀어야 할 문제들인지는 아직 내 마음에도 고민이 많은 지금이다.

국립예술대학에 입학하다

...

2013년 스무 살, 한국예술종합학교에 입학했다. 지금은 다들 좋은 대학 나왔다며 대단하다고 하지만 입학 전엔 말도 많았고 탈도 많았다. 고등학교 선생님은 '일반 애(비장애 학생)들도 가기 힘든데 네가 어떻게 가냐?'라는 말을 했고, 부모님께서도 이 대학교에 대해 잘 모르셨고 나 혼자 상경하는 것을 못마땅해하셨다.

하지만 모든 반대를 무릅쓰고 당당히 입학하게 되었다. 입시 준비를 하면서 열심히 책도 보고 공연도 보러 다녔다. 나만의 방식으로 입시 준비를 하였지만, 학급 친구들이 보기엔 내가 고3 입시생이라면서 매번 놀러 다니는 것처럼 보였고, 가끔 미움을 받을 때도 있었다. 그러다 마음이 복잡할 땐 혼자 부산 바다를 찾아가 스스로와 약속도 했었다.

"내가 꼭 대학 합격해서 여길 다시 오자."

2020년 2월 졸업여행_제주에서

최종 합격 당시엔 수능 7일 전이라서 크게 기뻐할 수도 없었다. 다들 수능 일주일 전이라 예민한 상태인데 나만 합격했다고 소리 낼 수도 없던 상태였다. 씁쓸한 마음이 컸지만, 예전에 나와 했던 그 약속을 지키게 되었고 다시 바다를 찾아가기도 했었다. 그때의 감정은 너무도 벅찼었다.

어렵게 대학을 입학한 만큼 모든 수업과 만남은 너무 소중하고 행복했다. 그동안 고등학생 때까지 겪었던 학생들끼리의 경쟁체제가 아니라 협동해서 하나의 작품을 만들고, 같이 고민하고 무언가를 창작하는 것이 즐거웠다. 수업도 앉아서 공부하는 것이 아닌 많이 움직일수록 더 많은 것을 배울 수 있는 것들이 더욱 나를 활동적으로 만들었던 것 같다.

입학하고 내가 선택한 대학교 1학년 1학기 과목명은 '연극놀이', '나를 찾아 떠나는 여행', '춤과 안무', '연극하기' 등이었다. 고등학교의 과목명 '수리', '지구과학'처럼 딱딱하지 않고 수업에 적극 참여하고 싶은 과목명들이었다.

학교를 다니면서 가장 처음 한 것들이 기억에 많이 남는다. 내 인생 대학 첫 수업은 '연극놀이'이다. 연극놀이는 놀이를 통해서 연극을 배우고, 연극을 만드는 것이 어려운 과정이 아닌 우리의 모든 행동이나 모습들이 자연스레 연극이 될 수 있다는 것을 배웠다. 그 학기엔 '연극놀이' 수업 시간이 제일 기다려지기도 했다.

이 수업을 통해 추후 나의 연극 인생에 많은 도움이 되었다고 해도 과언이 아닐 것이다. 수업을 받으면서 쓴 일지 중 몇 개 가져와 봤다.

　오늘은 감각에 대해서 배웠다. 스스로의 감각이 일깨워진 시간이었다. 한 줄로 나란히 서서 앞사람 어깨를 잡고 거기에만 의지하여 눈을 감고 학교 안을 탐방해 보았다. 시각 대신 청각, 후각, 촉각 등의 여러 가지 감각으로 세상을 느껴 보았다. 연못 옆 정자까지 가는 짧은 시간이지만 그동안 많은 감각들이 살아나는 것 같았다. 지나가는 차 소리, 바람 세기, 사람들 소리, 햇빛의 밝기, 땅의 감촉 등을 시각이 아닌 다른 감각들로 느껴 보니 새롭기도 하고 세상이 달리 느껴지기도 했다. 그리고 다음으론 두 명이서 짝을 지어 서로의 감각을 일깨워 주기도 했다. 일상에선 느끼지 못한 근육 부분에 자극을 주어 또 다른 감각을 일깨워 주기도 했다. 개인적으론 짝이 손을 비비고 머리에 온기를 전해 줬을 때 가장 좋았던 것 같았다. 머리에서부터 온기가 전해지면서 발끝까지 전해지는 기분이었다. 오늘 수업을 들으면서 나의 또 다른 나를 발견한 기분이었다. 앞으로도 새로운 나를 찾기 위해 연구해 봐야겠다. _2013. 03. 18.

　오늘은 야외수업을 했다. 선생님께서 동화책을 여러 권 가지고 오셨다. 예술극장 옥상에서 우리는 책을 펼쳐 놓고 예전의 어린이 때로 돌아가서 책을 읽었다. 동화책은 단순히 어린이들만의 책이 아니라 우리들이 지금 읽어도 동심으로 충분히 빠져들게 하는 것이었다. 나는 '파도야 놀자', '엄마 생각' 등등 여러 책을 읽었다. 난 개인적으로 책을 쉽게 잘 못 읽는 편이다. 책을 붙잡고 몇 분만 지나면 금방 다른 생각을 하고 집중을 잘 못하는데 동화책들은 가벼운 마음으로 읽을 수 있어서 많이 금방 읽을 수 있었다. 간식도 먹으면서 피크닉 온 것처럼 따뜻한 햇살 안에서 비록 (심오한 책들은 아니더라도) 동화책이지만 운치 있게 읽는 것 같아서 기분도 좋았다. 다른 사람들도 열심히 책 읽는 모습에 나만 그렇게 느끼는 게 아니구나 싶었다. 동화책을 읽으면서 보통 어른들은 글자에 집착한다고 한다. 하지만 아이들은 동화책의 그림들을 보고 상상의 날개를 펼친다고 한다. 이런 점이 다르면서 어른들과 아이들이 같은 책의 해석도 달라지는 것을 깨달았다. 나도 동심으로 돌아가고자 그림을 위주로 해서 책을 보려고 했지만 아쉽게 글에 집착하는 것을 느꼈다. 그래서 뭔가 씁쓸했다. 야외에서 책을 계속 읽어서 중간에 조금 힘든 면도 있었다. 내가 개인적으로 집중을 잘 못해서 그랬지만 밥 먹고 나른한 오후 시간대라서 그런 것도 없지 않아 있었던 것 같았다. 오랜만에 여러 책을 부담 없이 읽을 수 있어서 좋았고 다음에도 기회가 되면 동화책을 마음껏 볼 수 있었으면 좋겠다. _2013. 04. 22.

학교에 입학하고 가장 처음으로 한 공연은 2013년 여름에 진행한 〈동기화〉이다. 교내에선 '야합' 혹은 '인큐'라고 일컫는데, 학점을 떠나서 방학 때 마음 맞는 사람들끼리 모여 학교지원을 일부 받고 공연 제작을 하는 것이다. 우리 팀 공연은 4학년 극작과 선배님들이 주축으로 '결핍'을 주제로한 옴니버스 형식의 이야기였다. 1학년 때의 나는 공연에 대한 지식을 많이 알지 못했고, 단지 사람 만나는 것이 좋아서 시작했지만 순탄하진 않았다. 공연은 서로의 관계가 좋다고 해서 좋은 공연이 만들어지는 게 아니라 냉정하게 관객을 만나는 실전이었다. 공연 제작이 처음인 나는 실수도 많았고 배울 것들도 많았다. 본 공연은 세 가지 각각의 이야기가 있지만 하나의 공연으로 만들어지는 것도 신기했고, 보통 공연이 어떤 순서로 제작되고 어떤 분야의 사람들이 모여 창작되는지도 처음 알게 되었다. 선배님들 덕분에 단기간에 공연에 대한 지식을 많이 알게 되었고 스무 살 막내라서 그런지 예쁨도 많이 받아서 정말 기억에 남는 순간이었다.

그리고 학기 중 진행한 첫 정규 공연은 2013년 2학기 청소년극 〈햄스터 살인사건〉이다. 전공인 기획이 아닌 음향 오퍼로 참여했다. 우리 과는 1학년 때 공연 참여 필수가 아니었지만, 나는 빨리 공연에 참여하고 싶었다. 이 공연 참여는 추후 나의 10년 공연 흐름을 좌우했다고 해도 과언이 아닐 정도다. 청소년극을 알

2013년 대학 축제 때

대학교 졸업사진

게 되는 계기가 되었고, 졸업 후 대학원으로 아동청소년극 전공을 할까 고민을 했기 때문이다. 상황상 대학원을 가진 못했지만, 그래도 학사 재학 중에 많은 청소년극에 참여할 수 있었다. 그리고 〈햄스터 살인사건〉으로 인해 좋은 분들도 알게 되었다. 그 공연의 무대감독이었던 송재영 오빠이다.

간단히 소개하자면 송재영 오빠와 같은 과인 곽정은 언니는 부부이면서 내가 스무 살 때 만나서 약 10년이 지난 지금도 같이 예술 활동을 하고 있는 소중한 인연이다. 이분들은 한예종 전문사 연극원 아동청소년극 전공을 하셨고 청소년에 대한 사랑이 가득하신 분들이다. 〈아일랜드〉, 〈플라워가든〉 등 청소년 공연 작품을 제작하고 '조각바람 프로젝트'를 이끌고 계신다. 내가 본 사람 중 참된 예술인, 참된 어른이라 꼭 이분들의 이야기를 나누고 싶었다. 이분들을 통해서 나도 청소년 때의 마음으로 잠시 돌아간 때도 있었고, 그때의 상처와 아픔들을 같이 연극 활동을 하면서 치유 받고 회복될 수도 있었다. 이 자리를 빌려 감사드린다고 말씀드리고 싶다.

졸업 전 우리 예술경영과는 논문을 작성해야 했다. 나는 전수환 교수님의 지도와 많은 고심 끝에 〈장애 관람객을 위한 배리어프리 공연에 관한 연구-연극·뮤지컬 공연 중심으로〉를 작성하였다. 2018년 당시 우리나라에는 배리어프리 공연이 거의 없어서 사례 찾는 것도 쉽지 않았다. 이전에 배리어프리 공연을 했던 몇몇 단체들을 리서치해 보고, 직접 찾아가 인터뷰를 진행하였다.

'아주특별한예술마을', '스튜디오뮤지컬', '엠포컴퍼니', '배리어프리영상포럼'의 단체를 찾아가 어떤 계기로 제작하게 되었는지, 어떤 과정으로 진행했는지, 관객 반응은 어땠는지 살펴보았다. 그리고 추가로 우리나라 각 장애 유형별 15가지의 경우를 나눠 어떤 접근성과 배리어프리가 필요한지 직접 제안해 보기도 했다. 그 논문을 통해 많은 것을 얻었고, 많은 것을 배웠다. 나도 지체장애를 가진 당사자이지만, 논문 이전까진 다른 장애 유형에 대해선 자세히 알지 못했었고 공연 관극 시 장애 유형별로 어떠한 배리어프리가 필요할지 미처 생각지 못했었다. 논문을 통해 예술인으로서 또 한 번 성장할 수 있었다.

학교 다니는 7년 동안 학생회도 해 보고, 동아리 연합회장도 해 보고, 많은 공연을 하면서 정말 다양한 사람을 만났다. 하지만 학교를 다니면서 조금 아쉬웠던 점은 장애 학생 동문을 많이 만나지 못했다는 점이다. 2013년에 내가 특수교육대상자전형으로 입학을 했지만, 그 이후 연극원에 장애 학생이 입학하는 경우를 보지 못했다. 우리 학교는 2012년에 특수교육대상자 입학전형을 신설하였고, 6개 원(연극원, 영상원, 무용원, 전통원, 미술원, 음악원) 중 총 입학생은 2012년에 22명 지원 중 7명 합격, 2013년도에는 21명 지원 중 3명 합격이 되었다고 한다. (현재는 조금 더 늘었길 바라는 마음이다.) 다른 음악원이나 미술원 등에선 장애 학생이 매년 합격되는 것으로 알고 있지만, 연극원에선 드물었다. 사실 장애 관련 연극이나 접근성, 그리고 배리어프리에 관해서

『함께걸음』 잡지 표지

는 장애인 당사자가 제일 잘 얘기할 수 있고, 잘 표현할 수 있다고 생각한다. 우리나라 국립예술대학교에서 조금만 더 기회의 장을 넓혀 준다면 더 다양한 공연과 다양한 관객을 만날 수 있는 다리 역할이 될 수 있다고 생각이 든다.

마지막으로 졸업 말기엔 나의 활동에 대해 인터뷰하고 싶다는 언론사도 만났다. 약 7년의 대학교 생활을 하면서 열심히 다닌 것밖에 없다고 했지만, 인터뷰를 하면서 나에 대해 다시 돌아보게 되는 계기도 되었다.

> "후배들이나 청소년 친구들 만나서 얘기하다 보면, 거의 대부분 자기 앞에 놓인 경쟁률 때문에 고민과 갈등을 많이 하고 있어요. 그런데 제 생각은 다르거든요. (누구와 경쟁해서) 100:1이든 1000:1이든 간에, (내가) '되느냐 안 되느냐, 붙느냐 안 붙느냐?'로 바라봐야 한다는 거예요."
>
> _『함께걸음』 2019년 7월호 인터뷰 중에서

인터뷰에서도 얘기했지만 나는 누구와 비교하지 않고 나를 기준으로 두고 열정 가득한 마음으로 졸업 후에도 열심히 내가 하고 싶은 일을 위해 나아가는 중이다.

극단 제이와이 첫 공연

...

내 이름을 건 극단 제이와이의 첫 공연은 〈하늘이 붉었던 날〉이다. 이 작품은 1960년 2월 대구에서 일어난 '2.28학생민주운동'을 기반으로 한 이야기이다. 대한민국 정부 수립 이후 최초의 민주화 운동이지만 대구 사람들도 많이 알지 못하는 내용이다. 역사교육도 되면서 예술 활동을 할 수 있도록 프로젝트 내용을 정하게 되었다.

사실 프로젝트 발단은 손 수술이었다. 스물한 살에 손 수술을 하게 되어 대학 휴학 후, 본가인 대구로 몇 달간 가게 되었다. 회복 기간이었지만 내 성격상 대구에서 가만히 보낼 순 없었다. 그래서 프로젝트를 하나 만들기로 하였다. 사실 대구에서 살다가 서울을 가 보니 청소년을 위한 문화생활도 많고, 즐길 거리도 많이 있는 것을 보고 대구 청소년을 위한 공연을 제작하고 싶다는 생각이 들었다. 그래서 모집 공고를 개인 SNS로 올리고 대구에 있는 많은 중·고등·대학교에 연락을 돌렸다. 개인이 진행하는 프

2015년 <228프로젝트> 프로필 촬영

로젝트였지만 생각보다 많은 지원이 있었다. 일정이 맞지 않았던 몇 명을 제외하곤 지원한 대부분의 학생들과 함께하고 싶어서 거의 합격시켜 주었다. 그리고 2014년 10월 4일, 프로젝트 첫 만남을 진행했다.

첫 만남에선 아이스 브레이킹으로 열심히 놀았다. 각자 이름과 나이 대신 별명을 짓고 서로를 불렀다. 그리고 몸풀기로 '컵차기'와 '당신의 이웃을 사랑하십니까'를 하다 보니 우리는 어느새 몇 년을 안 사이처럼 친해져 있었다. 그렇게 몇 달이 흘렀다.

우리의 프로젝트엔 나이도, 지역도, 모습도, 경력도 중요하지 않았다. 단지 공연을 좋아하며 서로를 별명으로 부르고 스스럼없이 지내는 것이 중요했다. 일주일에 한 번씩 만나는 만남이 서로에게 소중해져 갔다. 학교에서 배운 '연극놀이'를 가지고 와서 활용해 보았는데 많은 도움이 되었다. 아이스 브레이킹을 하면서 놀기도 하고, 소품을 가지고 즉흥극을 하기도 하면서 연극이 어렵지 않다는 걸 알려 주고 싶었다. 그리고 당시 배역이 되어서 그때의 일기를 써 보기도 하였다. 약 5개월간 우리는 직접 작품을 만들어 가고, 무대 경험을 쌓기 위해 토크콘서트도 진행하고, 관객과의 만남에 익숙해지기 위해 거리 퍼포먼스도 하고, 2.28민주운동기념회관도 다녀오며 역사 공부도 하고, MT 가서 연습도 하고 맛난 것도 먹으면서 많은 활동을 하였다. 학생들의 성장하는 모습을 보는데 총감독으로서 너무 기특하기도 하고 자랑스러웠다.

그중 기억에 남는 것은 첫 대본 리딩할 때였다. 학생들은 긴장

창작연극

하늘이 붉었던 날

후원_성 김대건 성당   협찬 커피명가   제작_ 이이팔 프로젝트

총 감독	임지윤	
작가	윤수빈	
연출	류지선	출연 김엄지 남유정 박예리 박준형
기획	최연준	서동주 안혜지 이 설 임수연
무대감독	이예슬	장대식 정현수

2015년 2월 28일 토요일
오후 3시, 6시
남구청소년창작센터
균일 10,000원
문의_010-9184-7362
    010-5229-9782

본 공연의 수익금 일부는 청소년단체에 기부 될 예정입니다. / 티켓은 공연시작 1시간 전부터 판매됩니다.

2015년 <하늘이 붉었던 날> 포스터

되어 보였다. 집필한 대본을 직접 공개하는 자리였던 작가와 자신이 맡을 역할에 어떤 목소리를 입힐지 고민하는 배우들과 대본에 맞춰 어떻게 무대를 구상할지 고민하는 스태프들까지. 여느 성인 예술가와 다르지 않았다. 이들은 각자의 방식으로 최선을 다하고 있었다. 나는 한두 마디 거들 뿐 대부분을 학생들이 직접 창작하였다. 만약 지금 다시 재공연을 한다고 해도 그때의 분위기를 따라잡을 수 없을 만큼, 당시의 감각과 감정들이 너무 좋았다. 이 과정에 열정적으로 참여해 준 그들에게 다시 박수를 주고 싶다.

이 공연의 대사 중 가장 좋아하는 대목을 가져와 봤다. 정부의 불합리한 선거운동 방해(야당의 선거운동에 학생들이 동참하지 못하도록 함)로 학생 인권을 찾기 위해 시위를 나갔던 4명의 친구 중 한 명이 총에 맞고 그 뒤로 암전이 되면서 친구들의 음성이 나온다. 친구들이 진심 어린 본인 이야기를 하는 내용이다. (잠깐 인물 설명을 하자면 태우는 다리가 아프신 아버지와 부자(父子)를 뒷바라지하는 어머니와 함께 사는 공부 잘하는 우등생, 호섭이는 아버지가 군인인 잘 사는 집안의 아들, 영희와 민교는 6.25 때 부모를 잃은 남매이다.) 그 당시의 청소년 모습이 잘 나타나는 부분이라고 생각이 든다.

> 태우　　호섭아, 내 갑자기 궁금해져서 이카는긴데
> 　　　　니는 시위 왜 이래하고 싶어 하는 긴데?

2015년 <하늘이 붉었던 날> 공연 후

| 호섭 | 음… 그냥 내도 내 뜻대로 뭔가 해 보고 싶어서… 우리 아부지처럼 사는 거 말고 내도 진짜 멋진 사람이 되고 싶어졌다. |

영희   그라믄 오빠야 꿈은 멋진 사람 되는 기가?
(수줍게) 내는 오빠야랑 결혼하는 게 꿈인데.

민교   에이 가시나 니는 벌써부터 결혼할 생각하나.
니 결혼해 뿌면 오빠야는 우에 살라고.

영희   (퉁명스럽게) 아, 왜 때리는데.
내는 우리 호섭이 오빠야랑 같이 살 거다.
(사이) 카면 오빠야 꿈은 뭔데.

민교   내는 대구에서 젤 유명한 구두장이 되는 기다.

영희   오빠야, 그건 꿈이 아니라 직업이잖아. 꿈 말이야
꿈. 꿈이 뭐냐고.

민교   아! 그라믄 내는 이쁜 우리 영희랑 평~생 같이 사
는 게 꿈이다.

영희   누가 같이 살아 준다카드나.

호섭   야들아, 내 결혼은 내가 알아서 하께 걱정마라.
　　　　근데 태우 니는 꿈이 뭐꼬?
　　　　한 번도 니 꿈 얘기 들은 적 없는 것 같은데.

민교   태우는 공부 잘해서 뭐든 할 수 있을끼다. 그자?

태우   나는 다른 거 다~ 필요없고
　　　　우리 아부지 돌아오시면 안아드리고 싶다.
　　　　너거랑도 평생 지지고 볶으면서 살고…
　　　　꼬부랑 할배가 되도 다 같이 웃으면서 만날 수
　　　　있게.

민교   그래 우리 그때는 다 같이 모여 가꼬
　　　　크림빵 실컷 먹으면서 옛날 얘기도 해야 되지 않
　　　　겠나.
　　　　아아~ 그리고 우리 그때는 어른일거니까 코피라
　　　　카는 것도 사 마실 수 있겠다!

호섭   와~ 그런 날이 오면 얼마나 좋겠노.
　　　　혹시 나중에 물도 사 먹고 그카는 거 아이가?

민교   야, 말이 되는 소리를 해라.

호섭   아, 암튼 진짜 중간에 누구 한 명이라도 우리 배
         신하면 내가 죽을 때까지 쫓아 댕기면서 괴롭힐
         끼다.

영희   진짜로? 카면 호섭이 오빠야가 내 쫓아 댕길 수
         도 있겠네. 이게 무슨 횡재고!

태우   영희 니는 진짜 못 말린다. 못 말려.

태우, 호섭, 민교는 웃고 영희는 툴툴거린다.

_연극 〈하늘이 붉었던 날〉 중에서

　당시의 고등학생과 현 시대의 고등학생은 크게 다른 점이 없다
고 생각한다. 친구들과 재미있게 노는 게 좋고, 자신의 감정을 숨
김없이 보여 주는 것이 청소년의 매력이라 그 부분을 드러내고 싶
었다. 다만 그 청소년의 매력이 그 시대 사회적인 분위기에 따라
다양하게 표출된다는 것이 나에게 발견이 되었고, 그걸 연극으로
만들고 싶었던 마음이 컸었다. 이 공연이 역사적인 연극 의미도
있었지만, 그 시대의 청소년 모습을 보여 주고 싶었던 부분도 있

었다.

　총감독인 나를 비롯하여 작가 윤수빈, 연출 류지선, 기획 최연준, 무대감독 이예슬, 배우 김엄지·남유정·박예리·박준형·서동주·안혜지·이설·임수연·장대식·정현수의 예술 창작 활동 결과로 나온 〈하늘이 붉었던 날〉은 그렇게 멋지게 무대에 올랐다. 사실 우리 청소년 팀원만의 제작은 아니었고 당연히 주변에서 많은 도움도 받았다. 서울에서 직접 연기를 가르쳐 주러 오신 김가빈 배우님, 프로필 사진 찍어 주신 윤여국 작가님, 연습실을 내어 준 성 김대건성당, 후원해 주신 커피명가, 공연 진행 도와준 이지민 님 등 많은 분의 도움으로 공연을 이끌 수 있었다. 다시 한 번 감사드린다는 말을 전해 드리고 싶다.

　우리는 열심히 준비한 만큼 멋진 무대를 만들었고 주변에서 많은 환호와 박수를 받았다. 공연 마치고 다들 무척 울었던 기억이 난다. 긴장되는 무대 위에서 열연해 준 배우들과 여러 가지 고민거리로 복잡한 마음이었던 스태프들의 긴장이 풀리고 그동안의 추억들이 스쳐 지나갔던 것 같다. 그 마음은 한동안 오래 남아 서로 연락이 끊이질 않았다. 이제는 그 청소년들이 대학교 졸업을 하고 각자의 자리에서 멋지게 빛나고 있다. 같은 청년으로서 그들이 각자의 길에서 멋지게 나아가길 바라고 또 바랄 뿐이다.

8시간씩, 4번의 대수술

...

나는 태어날 때 손에 장애를 가지고 태어났다. 팔꿈치 아래가 짧고 양손 모두 엄지 없이 네 손가락씩 가졌었다. 그 덕분에 어릴 때부터 시선을 많이 받고 자란 건 사실이다. 초등학교 땐 남자아이들이 스타크래프트에 나오는 저그 캐릭터라고 놀리거나 내 손 모양을 흉내 냈던 기억이 있다. 그때마다 마음이 불편했지만 덜 성숙해진 친구라고 생각하며 매번 그러려니 넘어갔다. 성장하면서 손에 대한 큰 불편은 없었다. 오히려 손으로 하는 작업인 조립을 좋아하고, 타자도 빨랐으며, 나만의 방식으로 내 손 사용법을 늘려갔다. 하지만 타인에게 몇 가지 부러웠던 건 사진 찍을 때 브이를 하는 행동이나 가위바위보를 자연스럽게 할 수 없다는 점 등이었다. 이것들만 제외하면 살아가는 데엔 전혀 문제가 없었다.

그러다가 2014년 스물한 살이 되던 해에 부모님께서 손 수술을 제안하셨다. 처음엔 이해가 되지 않았다. 약 20년 동안 잘 사용하고 있는 손이었는데, 굳이 시간과 돈을 들여 수술을 해야 하는

지 의문이었고, 의사도 얘기하길 수술 후 손 기능이 얼마나 가능할지도 미지수였다. 지금 생각해 보면 부모님께서 내가 세상의 시선을 덜 받게 하기 위해 제안을 하셨을 거라고 짐작해 본다. 결국 부모님의 뜻에 따라 대구의 W병원에서 진행했는데, 수술은 생각 이상으로 대수술이었다. 먼저 90도인 손목을 180도로 펴는 수술, 양손 한 번씩, 총 두 번 했다. 그리고 두 번째 손가락을 엄지손가락으로 옮기는 수술, 양손 한 번씩, 총 두 번 했다. 한 번 할 때마다 약 8시간씩 걸렸다. 피부를 비롯해 뼈, 근육, 혈관 등을 자르고 옮기고 다시 맞추는 작업은 분명 어려운 수술이었을 것이다. 모든 수술이 끝나고 보니 약 3년이 지나 있었다. 2017년이 되어서야 수술이 끝났다. 그 기간 사이사이에 뼈를 고정했던 철심을 풀거나, 실밥을 푸는 간단한 수술도 여러 번 진행했다. 대학교를 다니면서 방학 때 수술을 하고, 학기 때 재활을 하는 것을 3년 반복하니 시간은 금방 갔던 것 같다. 다행히 나이가 어려서 그런지 재활도 빠르게 되었다. 그렇게 지내다 보니 다들 방학 때 어학 공부를 하거나, 아르바이트를 하거나, 자기계발을 하는 시간이 나에겐 미뤄지게 되었고 졸업은 2020년 2월, 입학 후 7년 뒤 할 수 있었다.

수술을 하면서 힘든 경우는 당연히 자주 있었다. 먼저 입원 중에 혈관 찾고 피 뽑는 게 너무 고역이었다. 나의 혈관은 얇고 팔쪽에서는 보이지 않아서 주로 손등에서 피를 뽑고 링거를 달았다. 손등에서 자주 뽑아 혈관이 잘 안 잡힐 땐 발목에서도 뽑는 경우가 있었다. 며칠에 한 번씩 링거를 갈아야 했기에 꽤 스트레스였다. 그리고 수술을 했기에 당연히 아팠다. 무통 주사를 맞긴 했지만, 피부와 뼈를 자르고 붙였기 때문에 수술하고 며칠은 너무 아파서 말도 잘 안 나오고 밤에 잘 때도 애를 먹었다. 그래도 의사 선생님과 간호사 선생님들이 잘 진료해 주시고 치료해 주셔서 그 덕분에 지금은 잘 사용하고 있다. 물론 가족들의 간호도 고마웠다.

지금은 수술한 것이 후회되진 않는다. 그때 당시엔 무척 아파서 후회가 조금 있었지만, 그래도 팔목이 펴지고 엄지가 생겨서 손으로 할 수 있는 기능이 많아졌다는 것에 감사함을 느끼고 있다. 사실 수술 후에도 브이를 하거나 가위바위보를 하는 것이 자연스럽지 않지만, 그 외의 것들은 곧잘 하는 편이다. 수술이 끝난 지 약 7년이 지난 지금도 손의 기능이 더 활발히 될 수 있도록 많은 것을 경험하고 직접 무엇이든 해 보려 한다. 그리고 마지막으로 수술이 끝난 2017년 그 당시 내 마음을 SNS에 기록했었는데 가지고 와 봤다.

사람들은 나에게 자주 말한다.

"손이 언제부터 그랬어?"
"많이 불편하겠다."

나는 태어날 때부터 그랬다.
그대들이 불편하게 보이는 것뿐이다.

누구나 자신만의 방식이 있는 것이다.
나도 나만의 방식으로 살고 있는 것이다.

다르다고 틀리게 볼 필요도 없고
불쌍하다고 가엾게 볼 필요도 없다.

그러나 나도 감정과 생각을 가진 사람인지라
사람들의 시선 때문에, 내 몸의 자세 때문에
3년 전부터 수술을 하게 되었고
다음 주 실밥만 풀면 기나긴 수술이 끝난다.

수술이 끝난다고 내 장애가 없어지는 것은 아니지만
새로 태어난 것이다.
이제 태어난 지 3년이 채 안 되었고
이제 글씨 쓰는 법을 배우고
이제 젓가락질 하는 법을 배우고
이제 살아가는 법을 배우는 것이다.

도움이 필요할 땐 내가 먼저 청할 것이다.

그럴 때 필요한 도움을 받는 것이다.

공부를 알려 주거나

연애상담을 하거나

그런 상황에

친구가 친구를 도와주는 것처럼.

과잉의 친절과 호의는 오히려 감정을 악화시키는 것이다.

그래도 내 주변엔 좋은 사람들이 많다.

처음 만나는 사람들이나 친하지 않는 사람들에게

일일히 다 설명해 주기엔 시간이 부족하지만

이렇게나마 글을 남겨 본다.

_개인 SNS에 남긴 글 중에서

Arts Activated

...

   2016년 첫 해외 연수에 도전했다. 학교 선배님이 먼저 다녀오신 경험을 공유받아서 나도 준비해 보았다. 한국장애인재활협회에서 주최하고 신한금융그룹이 후원하는 '장애청년드림팀' 연수는 약 6팀, 40여 명의 팀원을 선발해서 1년 프로젝트로 진행한다. 나는 우리 팀을 한예종 학생들로 구성하여 장애 학생 3명과 비장애 학생 3명으로 이뤄진 'AA-Arts Activated' 팀을 만들었다. 그리고 든든한 조력자로 강은경 교수님이 함께해 주셨다. 우리 팀은 '국내 장애예술 활성화를 위해'라는 주제로 미국 뉴욕과 워싱턴 D.C.를 다녀오며 미국의 장애예술과 제도를 직접 보고 경험했다. 그리고 추후 우리나라에 맞게 어떻게 도입시킬 수 있을지에 대해 고민하는 목표를 가지고 시작했다.

   연수를 가기 전에 당시 우리나라의 장애예술에 대해 파악해야 했다. 먼저 우리나라 장애예술 기관을 찾아보았다. 여러 사립 기관도 있었고, 국립 기관은 '한국장애인문화예술원'이 있었지만

2015년 3월에 재단법인이 설립되어 1년 정도밖에 되지 않은 상태여서 장애예술에 대한 업무를 이제 슬슬 시작하는 단계였다. 우리가 장애예술이라는 주제로 해외 연수를 간다고 하니 기관은 우리의 여정을 응원해 주고 연수 후 서로의 자료를 공유할 수 있도록 약속했다. 그리고 며칠 뒤 주한 미국 대사관을 찾아가서도 이야기를 많이 나누었고, 대사관 담당자는 미국 기관과의 컨텍도 도와주시고 우리가 미국에 갔을 때 효율적이고 어려움 없이 다닐 수 있도록 지원해 주셨다. 또한, 우리가 직접 미국 예술·정부 기관을 컨텍하기도 했는데 과연 답장이 올까 라는 걱정부터 앞섰지만, 다행히 우리를 흔쾌히 맞이해 주시고 일정 조율에도 적극적으로 참여해 주셨다. 이 경험으로 학생 신분이었지만 큰 기관을 컨텍하는 것이 크게 무섭거나 어렵지 않다는 것을 몸소 느꼈다. 하지만 서류 작성에 큰 어려움이 있었다. 연수 계획서, 연수 보고서, 팀 홍보용 리플릿, 중간 보고서 등 여러 서류를 작업했었는데, 아직 그런 경험이 별로 없던 우리에겐 쉽지 않았었다. 밤을 새워 작성하기도 하고, 많은 만남을 통해 열심히 준비했지만, 기관에게 전달하기엔 턱없이 부족한 내용이었다. 결국 우리는 교수님의 많은 지도 덕분에 가독성 높고 체계적인 서류들을 준비할 수 있었다. 그렇게 또 한 걸음 발전할 수 있는 계기가 되었다.

이렇게 열심히 준비하고 마침내 2016년 8월 12일부터 20일까지 해외(뉴욕, 워싱턴 D.C.) 연수가 진행되었다. 해외로 가는 비행기에 몸을 싣고 약 13시간이 지나 미국에 도착했다. 내 인생 첫 해외

라서 기대도 되었지만, 사실 정해진 일정을 소화하는데 더 정신없 긴 했었다. 우리는 미국의 장애 아티스트도 만나고, 장애-비장애 통합극단도 만나고, 장애예술 전문기관도 방문했다. 그리고 중간중간 문화탐방도 빼놓지 않았다.

연수도 중요했지만, 미국의 일상생활에서 장애인에 대한 시설과 인식도 기억에 남는다. 대중교통을 예로 들자면, 2016년 당시 우리나라 저상버스 도입은 19%여서 많이 볼 수 없었지만, 미국에선 흔하게 볼 수 있었다. 실제로 휠체어 이용하시는 분이 탑승할 때 탑승객 모두가 천천히 기다려 주었고 그 모습이 왠지 모르게 뭉클해지기도 했다. 당연한 것이 당연하게 여겨지는 순간이었다. 게다가 공공장소의 편의시설도 잘 설치되어 있었다. 또 신선한 충격이었던 부분은 내가(장애가 있는 사람) 지나갈 때 우리나라에선 많은 시선을 받았지만, 미국에선 그러한 시선들을 전혀 느끼지 못했다. 무척 자유로운 환경이었다. 그들이 보여 준 장애인에 대한 매너는 문을 잡아 주거나 'You first', 'After you'인데, 사실 이건 장애인이든 비장애인이든 누구에게나 행하는 기본적인 매너였다.

연수 중 가장 기억에 남는 일정은 장애 아티스트 '브라이언 샌더스'를 만난 것이다. 그는 한쪽 손에 두 손가락만 가지고 태어났다. 어릴 적 열 살쯤에 학교에서 학생들에게 오케스트라를 알려주기 위해 바이올린, 비올라, 첼로 중 악기를 하나 가르쳐 주는데, 그는 악기 선택하는데 장애는 전혀 문제가 되지 않았다고 했다.

2016년 뉴욕 센트럴파크에서 브라이언 샌더스(Brian Sanders)와 함께

2016년 장애청년드림팀 발대식에 참여한 AA팀

2016년 주한 미국 대사관과 AA팀

2016년 한국문화원과 AA팀

2016년 미국 장애 운동가 주디스 휴먼(Judith Heumann)과 AA팀

단지 키가 크기에 큰 악기인 첼로를 선택했다고 했다. 그리고 첼로를 시작하고 나서 꽤 잘한다는 것을 알게 되었고 전문적인 첼리스트의 길로 향했다고 했다. 그는 손가락이 7개라서 첼로를 시작한 게 아니라 여러 가지를 시도해 보고 배우다 보니 잘하는 것을 알게 되었다고 말하는 점이 인상적이었다. 우리나라에선 장애인이 무엇을 배우거나 시작하려고 하면 위험할까, 다칠까, 잘하지 못할까 등 여러 걱정 속에서 시작조차 못하게 하는 경우가 많다. 하지만 미국에선 일단 시도를 해 보고 잘할 수 있도록 주변에서 도와주거나 응원의 시선으로 바라봐 준다는 점이 부럽기도 하였다. 예술 분야는 다르지만 멋진 예술인 동료를 알게 되어서 좋았다. 당시 연수를 다녀오고 쓴 감상문을 몇 문장 가지고 와 봤다.

개인적으로 첫 해외여행이라 신기한 것도 많았고 두근거림도 많았다. 여권도 처음 만들어 보고, 생전 모르는 외국 길을 찾아보고, 외국인에게 먼저 말을 걸어 보고 등등 여러 가지의 일들이 이제는 약 한 달이 지났지만 아직도 이렇게 생생하게 느껴지고, 연수가 끝나고도 이후 일정들을 소화하면서 체력적으로 힘들 때도 있지만 몸의 기억이 제일 오래 남듯이 평생 기억 속에 남는 그런 연수가 될 것 같다.

_AA팀 연수 감상문 중에서

연수를 잘 마무리하고 그해 12기 장애청년드림팀 중 최우수 팀원이 되어 보건복지부 장관상을 받게 되었다.

몇 년이 지났지만 뜻깊은 경험을 함께해 준 같은 팀원(김혜원, 이명은, 안은혜, 이영미, 길하은)들과 강은경 교수님, 신한금융그룹 박윤희 담당자님, 그리고 함께 여정을 해 주신 KBS〈사랑의 가족〉서한창 PD님, 김혜자 PD님께 감사드린다고 전하고 싶다.

나에게 2016년은 참 뜨거웠다.

KBS3 라디오의 패기 토크

...

2016~2019년까지 한 달에 한두 번씩 KBS에 출근했다. KBS3 라디오 〈내일은 푸른하늘〉의 코너 '장애청년 패기 토크' 출연자로 참여하였기 때문이다. 계기는 2016년 장애청년드림팀 최우수 팀원이 되고 한국장애인재활협회에서 제안이 들어왔다. 본 프로그램의 코너는 매주 다른 주제로 세 명의 장애청년이 모여 각자의 경험과 생각을 나누는 자리고, 그 주제에 맞게 제작진분들이 많은 장애청년 중 세 명을 매주 캐스팅해서 이야기를 끌어가는 코너라고 하였다. 나는 좋은 경험이 될 것 같아서 제안을 수락하고 10월부터 출연하게 되었다.

나름 어릴 때부터 목소리가 좋은 편이라는 이야기를 가끔 들었지만, 나도 한편으론 라디오를 진행해 보고 싶다는 마음이 있었다. 내 목소리로 많은 이야기를 전달하고, 누구나 편하게 청취할 수 있는 그런 프로그램을 하고 싶다는 마음이 현실이 되었고, 이 경험은 나중에 연극 〈임지윤의 하루〉 제작에도 많은 영향을 끼치게 되었다.

　방송 준비 과정은 녹화 전 작가님께서 이번 주에 할 주제를 알려 주시고, 그에 대한 나의 경험이나 생각을 원고로 보내드리면, 작가님께서 세 명의 원고를 취합해서 방송 진행안으로 정리해서 보내 주신다. 그 진행안을 참고하여 녹화에 들어가게 되는 과정이었다.

　토크 주제는 장애인의 아르바이트, 장애인을 위한 도서관과 책, 상처받는 말과 행동 vs 힘을 주는 말과 행동, 요즘 나를 활기차고 기분 좋게 하는 것들, 내 인생 최대의 위기와 좌절의 순간들 그리고 그 극복방법, 내게 불편한 길·도로·내부시설, 내가 뽑은 올해의 장애계 뉴스, 장애인의 특이한 직업, 장애 학생의 대학 생활 등 다양한 주제로 이야기를 나누는 기회가 되었다.

　하지만 방송에 들어가기 전 매번 무척 떨렸었다. 이미 내가 작성한 원고가 있지만, 말을 떨거나 실수하면 어쩌지 라는 걱정도 있었고 압도적인 공간에 긴장도 되었기 때문이다. 그래서 매번 녹화 시간보다 30분~1시간씩 일찍 가서 미리 대본도 숙지하고, 연습을 많이 했다. 다행히 방송하면서 큰 실수는 없었던 것 같다. 또 같이 출연하는 장애청년분들과 친해지는 기회도 생겼고, 나의 활동에도 좋은 성장이 되었다.

　라디오를 하면서 또 다른 도전도 해 보았다. 바로 2017년 KBS

장애인 앵커 모집에 서류를 넣게 되었고 최종까지 가게 되었지만 마지막에 아쉽게 떨어지게 되었다. 라디오에선 오직 목소리로 출연을 하지만, 장애인 앵커는 목소리뿐만 아니라 전달력, 용모, 신뢰감, 순발력 등 여러 가지의 덕목이 필요했다. 단기간에 준비했기에 아직 그 기준엔 실력이 많이 부족했던 건 사실이었지만, 그래도 나름 차근차근 준비하며 마지막 면접까지 가게 되었다. 심사위원들은 내 목소리와 모습에 많은 칭찬을 해 주었고 지금까지 내 마음속 깊이 남아 있다.

　나중에 기회가 된다면 다시 라디오나 방송에 출연해 보고 싶다. 그때는 내 이야기뿐만 아니라 다른 이들의 이야기를 전달하는 매개자 역할이 되어 서로 연결되는 세상이 되도록 도움이 되고 싶다.

나의 첫 직장

...

2018년 스물다섯 살, 첫 직장에 들어갔다. 아직 졸업은 못했을 때였지만 학사 논문만 남아 있던 상황이라 수입 활동을 시작하기 위해 '스튜디오 뮤지컬'(현 보들극장)이라는 곳에 취직하게 되었다. 사실 그전에도 회사 면접을 많이 보았지만 대부분 떨어졌다. 다들 이력서로는 좋게 봐주셨지만 정작 면접에서 내 손을 보고 불합격시키는 경우가 많았다.

하지만 첫 직장 대표님께서는 겉모습이 아니라 오로지 나의 능력을 보시고 채용해 주셔서 감사했다. 첫 직장이라 당연히 실수하는 것도 많았고 모르는 부분도 많았지만, 대표님은 차근차근 잘 알려 주셨다.

내가 맡은 업무 중 가장 큰 부분은 낭독 뮤지컬 〈아빠가 사라졌다!〉의 전국 순회공연 제작 담당이었다. 한국문화예술위원회가 후원하는 '신나는 예술여행'에 우리 회사가 선정되어 전국의 복지

시설, 특수학교 등을 다니면서 공연을 하는 형식이었다.

나는 수혜 기관에 연락하고, 공연 연습 스케줄을 잡고, 소품과 의상을 챙기고, 음향 오퍼를 하는 등등 다양한 역할을 소화했다. 우리는 부천, 창원, 진주, 대구, 목포, 영암, 강진, 전주, 공주, 충주를 다니면서 10번의 공연을 진행했다. 문화예술을 접하기 힘든 기관과 관객들을 찾아가는 과정이 쉽진 않았지만, 공연이 끝나고 그분들의 행복한 모습을 볼 때면 정말 이루 말할 수 없는 뿌듯한 감정이 들었다.

약 8개월간 고은령 대표님을 비롯하여 김태웅·김환희·박소연·오민탁·윤승우 배우님과 이중구 무대감독님, 이유정 음악감독님, 이승완 음향 감독님과 함께한 순간들이 너무 좋았다. 연습도 자주 했지만, 전국을 다니며 같이 밥을 먹고, 같이 자고, 같이 활동하면서 업무적인 사이를 넘어 서로에 대해 너무 잘 알게 되었고 정말 가족 같은 느낌이었다. 다들 어느 순간에서도 진심으로 공연을 대하고, 진심으로 관객을 대하려는 모습이 예술 선배로서 본받을 점이라고 생각했다. 사실 비장애인 예술인이 장애 관람객을 만난다는 것은 많은 고민과 걱정이 있을 수 있겠지만, 우리에겐 큰 문제가 아니었다.

관객 유형이 어린이 관객, 커플 관객, 모녀 관객, 어르신 관객 등 다양하게 있듯이 나는 장애 관객도 그중에 하나일 뿐이라고 생각한다. 다양한 관객을 만나기 위해 출연진과 스태프들은 공연 전까지 고민한다. 그 진심이 관객분들과 잘 통해서 보람찼던 공

2018년 <아빠가 사라졌다!> 공연팀

연이었다.

   그리고 내가 두 번째로 맡은 업무는 현대차 정몽구재단의 '온드림스쿨' 사업 관리였다. 본 사업은 전국의 지역 문화 격차 해소를 위해 농어촌 초등학생들에게 예술치료와 문화예술 교육 기회를 제공했다. 나는 우리 회사에서 파견한 강사님들과 연락하고 학교에 방문해 수업이 어떻게 진행되고 있는지 기록하는 업무를 했다. 덕분에 강원도, 제주도를 비롯하여 전국 각지를 다니면서 초등학생 아이들을 만나고, 그들이 연극과 예술 수업에 어떤 반응과 흥미를 가지는지 배우게 되었다. 외근을 나갈 땐 전국 각지로 여행 가는 기분도 들었지만, 어떤 아이들을 만날지도 기대되었다.
   대학교에서 연극을 배우면서 초등학교 때 혹은 어린 나이의 아이들이 연극을 자주 접해야 한다는 생각이 있었다. 아이들의 감정 발달에도 도움이 될 뿐만 아니라, 연극을 통해 세상을 바라보는 시각도 달라진다고 믿었기 때문이다. 내가 청소년 연극을 좋아하는 이유 중 하나이기도 하다. 특히 연극을 접하기 힘든 지역에 사는 친구들에게 더 필요한 프로그램이라서 조금 더 애착이 갔었다.

   마지막 세 번째 업무는 경기도 평생교육진흥원이 주최하는 2018 미래교육사업 〈휴마트(Humart)〉 프로그램 관리였다. 인문학(Humanity)과 영리함(Smart), 그리고 예술(Art)의 의미들이 모여 학생들에게 미래지향적인 교육을 하는 사업이었다.

우리는 K-POP, K-뷰티와 드론, VR 등의 수업을 통해 중고등학생들과 만났다. 보통 일일 수업이었는데 그 친구들과의 오전 첫 만남은 우리를 어색해하거나 낯을 가렸지만, 오후가 되고 마지막 단체 사진 찍을 때는 아쉬움에 발길을 잘 떼지 않는 경우도 많았다. 연극이 아닌 다른 분야로 학생들을 만나는 건 처음이었지만, 누군가에게 무언가를 가르쳐 주거나 알려 주는 것은 참 의미 있는 일이란 생각이 들었다.

그러다 2018년 10월경, 첫 챕터에서 말한 아버지의 입양 관련 폭탄 발언으로 인해 그 후 손에 아무 일이 잡히지 않아서 애정하던 회사도 그만두게 되었다. 너무도 좋은 회사였지만 개인 일로 인해 사직을 하게 되어 아직도 죄송한 마음이 한 편에 남아 있다.

임지윤의 하루

...

2020년 가을, 학교를 졸업하고 어떤 예술 활동을 할까 고민하던 중 '한국장애인문화예술원'에서 진행하는 '2020 청년장애예술가양성사업-너와 나의 티키타카'를 알게 되었다. 공고문을 보니 장애예술인이 자신의 이야기를 자신만의 방식으로 표현할 수 있도록 함께하는 과정이라는 것을 보고 관심을 가지게 되었다.

0set 프로젝트의 신재님과 더불어 하지성 님, 홍성훈 님과 과정을 함께하게 되었다. 우리는 2~3개월 동안 매주 만나 서로의 이야기를 들어 보고 피드백을 해 주었다. 워크숍을 하면서 주제 고민을 하다가 나의 이야기를 하기 위해선 내가 가진 정체성을 들여다보게 되었고, 장애·여성·퀴어·입양이라는 키워드를 발견하게 되었다. 그 키워드들을 가지고 글을 쓰기 시작하였고 한 편의 희곡이 완성되었다. 그것이 연극 〈임지윤의 하루〉이다. 원래는 대본까지 마무리하고 사업이 끝나는 건데, 이왕 대본까지 만들어졌는데 무대까지 올려 보자는 마음으로 공연까지 제작하게 되었다. 그리

고 공연을 보신 분들께서 지원사업에 내어 보라고 하셔서 2021년
부터 장문원(한국장애인문화예술원)의 후원으로 공연을 제작할
수 있게 되었다.

연극 〈임지윤의 하루〉는 DJ유니와 게스트 임지윤의 대화로 이
뤄진다. 작품이 라디오 형식으로 구성되어 있어 관객들이 공연을
관람하는 게 아닌 편안히 라디오 듣는 느낌으로 만들고 싶었다.
1인극이었기에 한 번에 두 배역을 출연시키는 방법을 찾아보다가
영상을 활용하기로 했다.

2021년 공연에서 DJ유니와 게스트 임지윤은 JOOM(ZOOM의
변형)이라는 매개체를 통해 대화를 하게 되었다. 그래서 게스트
임지윤의 영상은 사전에 미리 촬영을 하게 되었고, 그 사전 촬영
본의 타이밍에 맞춰 DJ유니는 대화를 이끌어야 했다. 가끔은 DJ
유니가 목소리로 나오고 배우가 배역 임지윤이 되어 극을 이끌어
가기도 했다. 이런 공연 형식은 처음이라 사전에 영상 촬영과 편
집, 그리고 녹음하는 과정이 오래 걸렸다. 난생처음 1인극 도전에
앞서 걱정도 많았었다. 내가 과연 1시간을 잘 이끌어 갈 수 있을
지, 관객들이 이 공연에 어떤 반응들을 보일지 등 여러 고민이 들
었다. 하지만 그건 추후 문제였고 일단 내 이야기가 솔직하게 잘
보이도록 제작하려 했다. 혼자 배우, 작가, 연출을 다 하려다 보
니 벅차는 부분도 있었지만 그래도 하나씩 해 보았다. 열심히 준
비한 만큼 공연에 큰 사고는 없었지만 아찔한 순간이 몇몇 있긴

했었다. 공연을 시작하고 5분도 안 되어서 마이크가 안 나온다거나, 손에 들고 있던 포인터를 떨어뜨려 부서지는 경우도 있었다. 정말 머리가 하얘지는 순간들이었다. 이것도 연극의 묘미라고 생각했지만, 그날 저녁은 너무 잠이 안 왔었다.

하지만 가장 유감스러웠던 부분은 코로나19로 인해 공연장에 많은 관객을 맞이할 수 없었던 점이 제일 아쉬웠다.

2022년 공연에서는 조금 더 나아가 AI 버전의 DJ유니가 영상으로 등장하고 게스트 임지윤이 직접 출연했다. 이번엔 DJ유니의 촬영을 미리 해 두고 그 타이밍에 맞춰 게스트 임지윤이 대답을 하는 형식이었다. 그리고 이번엔 서울을 비롯해 전주, 대구, 부산을 찾아가며 공연을 진행하였다. 마침 인간극장이 끝난 직후라 TV를 보시고 공연을 찾아오시는 분들도 계셨다. 진심으로 감사했다. 대구에서 공연할 땐 고향이다 보니 가족과 지인분들이 많이 오셨다. 나를 오래 알던 분들도 나의 새로운 모습을 알게 되었고, 가족들에게도 공연을 통해 내 진심과 생각을 전할 수 있는 계기가 되기도 했다. 특히 대구 공연 때 극 중에서 가족에 관한 얘기를 할 땐 목이 메여 공연 진행이 힘들기도 했다.

극이 진행되고 2021년과 2022년의 1년 사이 나에겐 많은 일이 일어났다. 그래서 1과 2를 비교하면 많은 내용들이 변경되고 추가되었다. 그리고 시점에 대해서도 1에선 타인에게 보여지는 임지윤에 대해서 얘기를 했다면, 2에선 삶의 환경과 현실에 대한 임지

2021 <임지윤의 하루>

2022 <임지윤의 하루 2>

윤 본인의 감정을 더 표출하는 내용이었다. 사실 내 이야기를 하는 것이 어렵진 않았지만 어떻게 잘 표현할까에 대한 고민은 많았던 것 같다.

그리고 장애 관람객에 대해서도 고민이 많이 필요했다. 장애인 창작자가 진행하는 공연이니만큼 장애 관람객을 위한 준비도 열심히 준비했다.

우선 제일 먼저 준비한 건 장애 관람객을 위한 '선 예매 시스템'이다. 내가 2018~19년도 논문을 쓰면서 발안한 것인데, 흔히 소속사에서 가수 콘서트를 예매할 때 팬들을 위해 선 예매 시스템을 도입한다. 거기서 가져온 것이다. 장애 관람객은 비장애 관람객에 비해 예매하는 과정이 더디고 어려울 수 있다고 생각하여, 정식 티켓 오픈 2~3일 전에 미리 장애 관람객을 위한 예매를 오픈하는 것이다. 그 후 남는 좌석에 한해 비장애 관람객이 예매를 하는 것인데, 많이들 이용해 주셔서 뿌듯함을 느꼈다.

두 번째는 자막과 수어이다. 1 때는 자막을 사전에 미리 PPT에 저장하여 슬라이드 형식으로 넘겼고, 수어는 청인 통역사와 농인 통역사와 함께하였다. 수어의 방식이 색달랐는데 배우가 무대에서 대사를 하면 청인 통역사가 관객 뒤에서 대사 혹은 타이밍을 알려 주고, 무대 위의 농인 통역사가 수어로 통역을 한다. 미러 통역(중계 통역)이라고 하는데 두 번의 과정을 거쳐 전달하기에 시간이 딜레이될 수 있다는 단점이 있지만, 농인 관객에겐 농인 통역사의 수어가 더 관람하기 편하다는 얘기를 들어 이러한 선택을 하였다.

2 때는 조금 더 생방송의 실시간의 느낌을 전달하고 싶어 속기사 분과 함께하여 자막을 진행하였다. 수어에서는 아쉽게도 예산으로 인해 농인 통역사 대신 청인 통역사만 함께하였다.

공통적으로 준비한 부분은 점자 리플릿과 큰 글자 리플릿이었다. 같은 시각장애인이라 하더라도 저시력과 전맹으로 개인마다 장애 정도가 다를 수 있기 때문에 다양한 리플릿을 준비하였다. 관람객 중 저시력 장문원 담당자께서는 큰 글자 리플릿을 준비해 주셔서 감사하다고 얘길 해 주셨다. 예산은 두 배 이상 들었지만, 기쁨도 두 배 이상 느껴지는 순간이었다. 그리고 하우스에 내 얼굴을 본떠 만든 석고를 배치하여 시각장애 관람객들에게 내 얼굴이 어떻게 생겼는지 미리 알려 드리기 위한 터치 투어도 진행했다.

가장 기억에 남는 관객은 청각 장애인분이었는데 이러한 말씀을 해 주셨다. 본인은 태어나서 처음으로 라디오를 접했다고, 자신이 라디오를 접하게 될 줄은 상상도 못했고, 라디오 중간중간에 광고가 들어가는 것도 처음 아셨다고 했다. 그 말을 듣고 많은 생각이 들었다. 청인들이 흔히 듣는 라디오가 누군가에게는 처음 경험하는 매체일 수도 있겠구나 하면서 앞으로도 많은 분에게 좋은 영향력을 주는 사람이 되고 싶다는 생각이 강하게 들었다.

앞으로도 나의 이야기를 통해 연극을 만들고 싶은 갈망은 여전히 있다. 하지만 그 이야기가 나만 공감되고 나만 이해할 수 있는 게 아니라, 많은 관객이 공감하고 관람할 수 있는 그런 이야기를 만들고 싶다. 마지막으로 DJ유니의 오프닝과 임지윤의 마지막 대사를 공유하고 싶다.

"세상에는 많은 사람이 있고, 그중 우리는 오늘 이렇게 또 만났습니다. 우리의 하루를 공유하는 시간, '우리의 하루'의 DJ유니예요."

"제 하루에 여러분이 속해졌고, 여러분의 하루에 제가 속해졌습니다. 저는 앞으로 많은 분의 하루에 속하고 싶습니다. 그 속함이 의미 있는 속함이 되고 싶습니다. 감사합니다."

_연극 〈임지윤의 하루〉 중에서

지우와 지윤

...

2021년, 배우로서 첫 캐스팅이 되었다. 2020년 〈임지윤의 하루〉를 보시고 강보름 연출님께서 연락을 먼저 주셨다. 처음엔 너무 걱정이 많았다. 연기를 전공한 것도 아니고, 〈임지윤의 하루〉는 내 이야기여서 자연스러운 역할을 맡을 수 있었지만 다른 배역을 연기한다는 것에 부담이 있었다. 하지만 대본을 받고 마음이 조금 변하였다. 내가 맡은 '지우'는 나와 닮은 점이 있었다. 가장 큰 부분은 여자로서 여자를 좋아한다는 점이었다.

"2009년 8월 9일 매입해서, 2012년 4월 27일 매각. 자그마치 993일 동안 여기는 레이디 가가의 소유였어요."
한때 레이디 가가가 소유했다는 서울 성북구의 허름한 빌라에 '재호'가 산다. 재호는 어느 날부터 벽을 따라 핀 핑크색 곰팡이를 해결하기 위해, 그리고 빌라를 살기 좋은 곳으로 만들기 위해 동분서주하지만 집주인과 이웃들로부터 무시당하기

일쑤다. 옆집에 사는 '지우'와 아래층의 '하나', 그리고 '경석'까지도 재호에게 무관심하지만, '주현'만은 그 열의에 기꺼이 동조한다. 한편 재호는 주현의 또 다른 사정을 알게 되는데….

_〈여기, 한때, 가가〉 줄거리

2021년 5월 말부터 연습이 시작되었다. 대본 분량이 상당했지만 차근차근 시작해 보았다. 먼저 대본에 나와 있지 않은 '지우'의 배경과 성격, 습관을 찾아보았다. 지우는 헤어진 애인이 있지만 아직도 통화를 가끔 하며 지내고, 최근까지 병원에서 근무했지만 애인과의 통화로 인해 의도치 않게 아웃팅을 당했고, 점점 동료 직원들과의 관계도 좋지 않게 되고, 결국 원장의 에두른 권유로 실직하게 된다. 현재는 편의점에서 일하면서 근근이 생활하고 있는 도중 애인의 마지막 이별 통보에서도 구질구질하게 매달리는 캐릭터였다. 지우의 대사 중 내가 가장 마음에 드는 대사가 하나 있다.

"누군가에게 뭔가를 줄 땐, 받는 쪽에게 정말로 필요한 게 뭔지 잘 알아보고 주라는 말이에요."

_연극 〈여기, 한때, 가가〉 지우 대사 중에서

내가 몇몇 타인에게 하고 싶었던 말이다. 겉으로 나의 손을 보고 걱정하는 마음이라며 괜한 불필요한 오지랖으로 나를 도와주려 할 때 오히려 나는 반감이 생길 때도 있었다. 식당에서 내가 요청을 하지 않았는데 포크를 가져다 준다거나, 내가 적고 있거나 만들고 있는 것을 갑자기 뺏어서 도와준다거나 등의 불필요한 선행이 나를 힘들게 할 때도 있었다. 도움은 정말 요청하는 사람이 필요할 때 감사하는 마음과 더불어 긍정적인 결과가 나온다는 점을 많은 분이 꼭 알아주면 좋겠다.

다시 공연 얘기로 돌아와서 본 공연에선 장애 배우 3명, 비장애 배우 2명이 나온다. 이전 워크숍에서 만나 뵈어서 반가운 재호 역에 하지성 배우님과 팀 내 유머러스를 담당하시는 경석 역에 신강수 배우님, 그리고 모든 역할에 찰떡으로 연기하는 주현 역에 백소정 배우님과 연기에 숙련미 가득했던 하나 역에 이지민 배우님, 한혜진 배우님(2021, 2022년 캐스팅이 달랐습니다)과 함께한다는 것이 기대되고 벅찼다.

하지만 연습을 시작하고 걱정이 더 많아지기 시작했다. 처음엔 낭독 공연이라 대본 외우는 것에 대한 부담감은 크게 없었지만, 그래도 자연스럽게 연기를 해야 하기에 거의 외우다시피 연습했다. 그리고 '입체낭독극'이란 타이틀도 가지고 있어서, 어느 정도의 움직임도 포함되어 있었다. 2개월 정도의 시간 속에서 정말 열심히 연습했었다. 그리고 첫 무대를 올라갔는데, 생각보다 무대와 관객과의 거리는 가까웠고 압도적인 긴장감이 흘렀다. 리허설을 했지만 관객이 있고 없고는 확실히 달랐다. 그래도 최대한 집중하며 준비해 둔 연기를 무사히 마쳤다. 나의 첫 캐스팅 데뷔 무대였다.

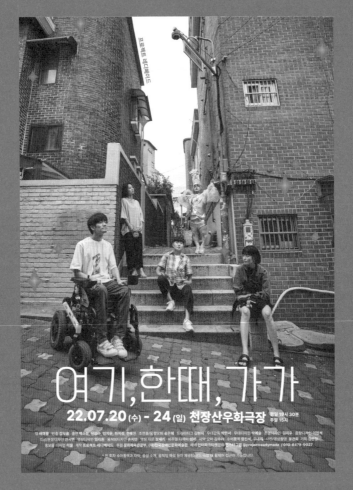

2022 <여기, 한때, 가가> 포스터

그 후 재공연 시에 걱정된 부분은 다른 배우들에 비해 대본을 빨리 외우지 못하는 점과 연기적인 자연스러운 움직임이 어렵다는 점이었다. 이미 했던 공연이었지만 대본을 놓고 무대에 서야 한다는 부분에서 내가 과연 틀리지 않을 수 있을까 라는 생각이 많아졌었다. 다른 배우분들은 경험도 많고 대본도 빨리 외우고 그만큼 다양한 액팅에 대해 시도할 기회가 많았지만 난 그러지 못하였던 것 같았다. 그래도 할 수 있는 만큼 최선을 다했다. 다행히 점점 공연을 할수록 지우와 나와의 관계는 더 친해졌고 최대한 지우가 잘 보여지게 노력했다.

오랫동안 공연을 진행해 왔지만 이 공연이 다른 공연과 달랐던 점은 연습 중에 성소수자 워크숍도 진행하였다는 부분이다. 본 연극에 나오는 캐릭터들은 지우를 포함해 각자의 소수성을 가지고 있었고 그 배역들을 더 잘 이해하기 위해선 우리 모두 많은 공부가 필요했다. 한국성적소수자문화인권센터에서 운영하는 교육플랫폼 '이탈'을 통해 교육을 받았고 캐릭터를 이해하는 데 많은 도움이 됐었다.

〈여기, 한때, 가가〉를 통해 정말 감사하게도 지우를 세 번이나 만날 수 있었다. 2021년 7월 〈제4회 페미니즘 연극제〉 낭독 공연으로 시작된 이후, 그해 11월 〈2021 아시아 연출가전〉 아르코예술극장 소극장에서, 2022년 7월 천장산우화극장에서 본 공연까지. 한 작품으로 세 번 공연한다는 것도 감사했고, 배우로서도 많은 성장이 되는 기회였다. 언젠가 다시 또 지우를 만난다면 더 고민해서 많은 부분의 지우를 보여 주고 싶은 마음이 든다.

예술이 뭐라GO

...

2021년 여름이 시작할 무렵, 한국장애인문화예술원 홍보 사이트 '이음 온라인'을 담당하는 〈프로젝트 궁리〉에서 연락이 왔다. 유튜브로 장애예술인을 인터뷰하는 프로그램을 만드는데 진행자를 할 의향이 있는지 물어왔다. 매번 인터뷰이를 하다가 인터뷰어를 할 수 있는 기회가 생긴 것이다. 나는 반갑게 수락을 하고 사전 제작부터 같이 진행하기 시작했다.

나의 역할은 프로그램 진행자이면서, 구성작가로서 대본도 미리 작성하고, 인터뷰이들과 미팅을 하면서 사전 정보를 많이 수집해야 했다. 궁리팀과도 정기적으로 회의를 진행하며 어떤 주제가 어울릴지, 어떤 캐스팅이 좋을지 고민했었다. 나는 같은 장애예술인으로서 인터뷰이의 말에 공감을 하면서 많은 이야기를 끌어내는 게 중요했다.

하지만 쉽지 않았었다. 매번 정해진 질문에 답을 하던 나였는데, 내가 질문을 만들어 내고 특히 예술인을 꿈꾸는 학생 혹은 예비

예술인의 시청자들이 어떤 궁금증이 있을지 고민해야 했었다.

　드디어 출연자들이 정해지고 첫 촬영을 하는 날이었다. 영상팀, 궁리팀, 출연자팀과 잘 부탁드린다고 인사를 나누며 떨리는 마음으로 시작했다. 프로그램 시그니처 인사가 정해지는 날이기도 했다.

　"예술인이 되고 싶으시다고요? 예술 활동이 궁금하시다고요? 여러분이 궁금해할 것 같은 것들을 모아모아 이야기 나누는 시간. 예술이 뭐라GO. 안녕하세요. 사회자 임지윤입니다."

　그리고 소중한 경험담을 함께 나눠 주신 예술인과 주제를 소개해 본다.

　　　1화 내가 꿈꿔 온 예술 Vol.1 극단 생활 – 이승규, 정유미
　　　2화 내가 꿈꿔 온 예술 Vol.2 대학 생활 – 신강수, 하지성
　　　3화 예술과 삶의 균형 : 아라밸 – 한기명
　　　4화 아름답게 나를 망친 나의 구원자, 예술 – 이석현, 문영민
　　　5화 협업의 정석 – 강보름
　　　6화 거울보다 가까운 우리 – 이태헌, 윤병인
　　　7화 원픽 예술인으로 가는 길 – 김유남, 이현학
　　　8화 만능 예술인의 갓생 살기 – 고아라, 김리후

첫 촬영 때는 시그니처 인사하는 것도 너무 떨리고 몇 번 재촬영했던 것 같다. 하지만 출연자분들의 긴장을 풀어야 하는 것도 내 몫이었다. 그래서 나의 떨림은 최소화하고 분위기를 밝게 전환하며 촬영 전 스몰 토크로 부드러운 진행을 만들어야 했다. 다행히 예술을 하는 분들이라서 그런지 금방 긴장이 풀리고 답변들도 센스가 넘쳤다. 예술을 통해 변화된 자신의 모습과 본인의 예술 활동을 얘기하면서 뿌듯함과 자부심이 넘쳤던 눈빛들이 기억이 오래 남는다.

개인적인 생각으론 장애예술인이 예술 활동을 하면서 가장 큰 어려움 중 하나는 아마 그들을 바라보는 '시선'인 것 같다. 장애인이 예술 활동을 하는 것이 타인들에겐 단지 향유로서만 비치거나, 전문 예술인으로의 인식은 많이 부족한 느낌을 받았었다. 장애인 배우 혹은 장애 무용수가 무대에 서면 배역이 아닌 장애인으로서 바라보는 시선들, 장애인 작가가 그린 그림에 퀄리티를 낮게 보는 시선들, 장애예술인이 하는 예술을 그저 응원으로만 보는 시선들이 큰 어려움 중 하나인 것 같았다. 그런 시선들을 줄이는 취지로 본 프로그램은 의미 있었던 것 같다. 영상에 많은 댓글들이 달리면서 더욱 뿌듯함을 느꼈다.

'친구 따라서 오디션에 갔다가 배우가 되셨다니 ㅎㅎ 원래 재능이 많으셨나 봐요! 재미있게 보고 갑니다. 다음 주도 기

대할게요~'

'꿈을 위해 멋지게 직진하고 있는 열정 가득한 모습이 정말 너무 매력적입니다. 두 분이 저에게 정말 많은 것을 느끼게 해 주시네요. 감사합니다. 두 분을 보고 느낀 것이 저의 꿈으로 달려 나갈 수 있는 힘이 되는 것 같네요.'

'연극을 통해 세상과 소통하며 장애예술인과 비장애예술인 간의 사이를 좁히는 역할까지 하고 있으시다고 생각해요! 앞으로도 무대 위에서 차별없이 모두가 함께하는 작품을 만날 수 있기를 응원합니다.'

'예술을 위한 열정과 많은 노력을 하는 모습을 알 수 있었네요. 앞으로도 열정을 가지고 많은 공연하면서 사랑받는 예술인이 되길 응원해요.'

'제목에 이끌려서 저도 모르게 들어와 봤습니다. 진솔하게 솔직하게 자신의 삶을 말씀해 주시는 모습이 너무 좋네요. 장애인하면 예술과는 거리가 멀 거라는 저의 편견이 부끄러워지는 순간입니다. 제가 잘 몰랐던 장애인분들의 예술에 대한 관점, 예술에 대한 열정을 알 수 있었어요. 앞으로 더 많은 장애인분들이 예술 활동에 참여하고 적극적으로 활동

할 수 있는 더 좋은 환경이 조성되기를 바랍니다.'

_유튜브 〈예술이 뭐라GO〉 댓글 중에서

 본 프로그램을 진행하면서 이미 안면이 있는 분들도 있었지만 새로운 분들을 만나는 것도 너무 흥미로웠다. 연극이 아닌 다른 장르의 예술인들은 어떻게 활동하는지, 어떤 즐거움과 어려움이 있는지 같이 얘기해 보는 것도 소중한 경험이었다.

 그해 여름부터 겨울까지 여덟 번의 촬영과 만남을 끝으로 마무리되었지만 그 인연은 계속되고 있다.

 더 많은 장애예술인들을 만나기 위해 또 어떤 매개체를 활용할 수 있을지 고민 중이다.

소속사가 생겼다

...

   2022년 봄, 나에게 새로운 식구가 생겼다. 오디션 사이트를 보다가 장애 배우를 구한다는 글을 발견했다. 그 당시에 나름 1년차 배우였기에 다양한 역할로 무엇이든 도전하고 싶었다. 그래서 본 공고에 이력서를 보내고 오디션을 보게 되었다. 결론적으론 그 배역에는 떨어졌지만, 소속사에서 제안을 하나 해 주셨다. 이 배역엔 떨어졌지만 다른 역할, 다른 작품으로 그리고 더 나아가 앞으로 오랫동안 같이 일을 하고 싶다고 하셨다. 너무 감사한 기회였다. 기획과 연출을 주로 했던 내게 배우의 길을 펼칠 수 있는 장이 생긴 것이다.

   내가 소속한 '파라스타엔터테인먼트'는 장애 아티스트 전문 소속사이다. 소속사에는 자신의 재능과 끼를 뽐내는 분들이 많이 계셨다. 스포츠 선수부터 해서 그림작가, 아나운서, 유튜버, 배우, 댄서 등 각 분야에서 내로라하는 분들이 있었다. 소속사 차해리

대표님께서는 아나운서 출신이고 현재도 방송에서 활발히 활동하시는 중인데, 장애 아티스트를 위해 더 열심히 일하고 계신다.

소속사가 생기고 더 나은 배우가 되기 위해 나에겐 연습이 많이 필요했다. 몇 달 후 소속사에서 배우 이창훈 님을 강사님으로 초빙하셔서 배우 지망생들을 위한 연기 지원을 해 주셨다. 어릴 때 야인시대에서 보던 배우를 눈앞에서 볼 수 있다는 게 신기했다. 좋은 기회인 만큼 열심히 연습했다. 독백도 해 보고, 시도 낭독해 보고, 서로의 연기를 보며 피드백도 주면서 배우 지망생으로서 의미 있는 시간을 보냈다. 강사님은 정해진 강의 시간이 넘어도 하나하나 자세하게 지도를 해 주셨고 덕분에 많은 도움이 되었다.

나의 연기 단점으로는 사투리가 묻어 있는 말투가 좀 아쉽다는 점이다. 서울말도 연습을 많이 했지만, 한편으론 차라리 사투리 있는 대사를 중점으로 연습해 보고 장점으로 바꿀 수 있도록 초점을 두어 보았다.

그 후 소속사를 통해서 첫 공연을 하게 되었다. 2022년 9월 A+페스티벌 장애인문화예술축제에 참여하게 되었는데 김대근 시인의 〈그 집 모자의 기도〉 작품을 시 풀이를 통해 연극으로 각색해 보았다. 연출·작가·배우를 하다 보니 책임감도 막중했지만, 소속사에서 처음 시작한 공연인 만큼 잘 만들고 싶었다.

국내 최초 휠체어를 타는 장애인 모델 김종욱 님과 K-9 자주포 폭발사고로 인한 화상 안면 장애를 가진 이찬호 님과 극을 함께 진행하였다. 나를 제외한 두 분은 무대 경험이 비교적 적었기에 내가 주로 이끄는 방식으로 연습했다. 대본을 작성하고, 대사를 외우고, 감정과 동선에 대한 피드백을 나누며 우리는 멋진 극을 만들기 위해 최선을 다했다.

공연은 성황리에 잘 마무리되었고, 본 공연은 그해 12월 한국장애예술인협회 송년회와 그다음 해 4월 장애인의 날까지 초대를 받아 공연하게 되었다.

본 공연을 매번 하면서 마지막 부분이 마음에 계속 남았다.

내용 설명을 하자면 다리가 불편한 아들이랑 늙은 노모가 허름한 집에 사는데, 어느 날 폭우가 와서 대피를 해야 하는 급박한 상황이 되었다. 아들은 더 이상 자신을 돌보는 노모를 힘들게 하기 싫어 이대로 죽는 것이 낫다고 생각하고 있었고, 노모는 자신의 몸이 더 망가질지언정 아들을 살리려고 주변 마을 사람들에게 도움을 청하기 위해 달려가는 장면이었다. 이러한 상황에 솔직한 마음의 목소리가 나오는 부분인데, 이 장면에서 많은 분들이 눈물을 흘리시기도 했다.

아들(음성)　　　어매 왜 다시 왔소.

엄마(음성)　　　야야 좀만 기다려래이.

아들(음성)　　　어매 왜 나를 다시 살렸소.

엄마(음성)　　　어매가 열심히 가고 있대이.

2022 <그 집 모자의 기도> 공연

아들(음성)	다시 어매에게 짐덩이가 되게 만들었소.
엄마(음성)	오늘 우리 얼라 살리고 내는 죽을 테니.
아들(음성)	어매 왜 나를 더 비참하게 하오.
엄마(음성)	어매보다 오래 살아라.

아들, 엄마를 바라보며,

아들(음성)	어매 고맙소.
	내 기도보다 어매 기도가 더 간절했구려.
	어매 진짜 고맙소.

_연극 〈그 집 모자의 기도〉 중에서

다음 해인 2023년 9월에도 기회가 되어 A+페스티벌 장애인문화예술축제에 참여할 수 있었다.

이번에는 '두 개의 시선'이라는 주제로 연극·영상·무용을 융합해서 하나의 공연으로 만드는 작업을 진행했다.

장애예술인의 원본 작품이 빼앗기며 비장애예술인의 작품으로 변해 가는 비상식적인 실제 상황들을 각색하여 불합리하게 변조된 예술에 대한 실체와 그림자를 보여 주며 장애예술인의 현실이 잘 담길 수 있도록 진행하였다.

이번엔 연극뿐만 아니라 영상과 무용도 같이 융합해서 하다 보

연기 수업을 받는 파라스타엔터테인먼트 식구들

니 공연팀의 합이 중요하였다. 그림자 장면을 미리 영상으로 찍거나, 무용팀의 모습을 미리 영상으로 찍어 편집을 하거나, 나와 무용팀이 어울려 무용을 진행한다거나 여러 과정이 필요했다. 그리고 분야별로의 소통도 중요했다.

마침내 공연 날이 되고 작년보다 조금 더 큰 공간(청와대 헬기장)에서 진행되었고, 의미 있는 공연이라 더욱 떨렸지만 많은 분의 응원 속에 잘 마무리하였다.

앞으로도 이렇게 하나둘씩 기회가 생겨 멋진 배우로서 무대에 설 수 있는 날이 많아질 수 있도록 노력할 것이다.

교토실험축제에서 배우다

...

2023년 가을, 일본 해외 연수를 다녀왔다. 나에겐 2016년 미국 연수 이후 두 번째 해외 연수였다. 한국장애인문화예술원에서 지원받아 장애예술 활성화 지원사업 '국제 네트워크 활성화' 사업에 참여하게 되었다. 본 사업은 장애예술인이 해외 축제를 방문함으로써 예술 경험은 물론이고, 해외 장애예술인과의 교류를 위한 기회를 마련할 수 있다는 큰 장점이 있었다. 3인으로 구성한 우리 팀은 진행을 맡은 나를 비롯하여 번역을 맡은 고근혜, 기록을 맡은 고근영 팀원이 함께했다.

우리는 몇 개월간 사전 준비를 철저히 하였다. 방문하게 될 '교토실험축제'에 대해 지난 역사들을 살펴보고 방문하기 전 축제 담당자와도 연락을 자주 주고받았다. 축제 담당자는 우리의 연수 목표를 위해 축제 안에서의 장애예술 프로그램을 추천해 주고 일본 장애예술인과 만남도 마련해 주었다. 너무 감사한 만큼 우리는 한국 장애예술에 대한 리플릿과 답례품을 준비하였다. 나름 미국 연수의 경험이 있던 나는 자신 있게 기관들과 컨택하고 진행을 이어 나갔다.

연수를 시작하고 2박 3일의 촉박한 일정 속에서 우리는 열심히 참여했다. 2023 교토실험축제는 'mix-mix'라는 주제로, 관객들이 프로그램을 관람하면서 자신의 생각을 결합하면서 즐길 수 있도록 한다는 의미라고 하였다. 우리는 교토 부근에서 진행하는 다양한 공연과 전시를 보았다. 'Moshimoshi City—One Mystery At a Time-이랑(Lang Lee)'이라는 전시는 각자 핸드폰으로 사이트에 접속해 녹음된 작가의 목소리를 듣고 교토 동네를 직접 걸어 다니며 지역 소개와 이야기를 듣는 형식이었다. 관객 참여형인 신선한 전시였으나, 비가 내려 우산을 들고 다녀야 하는 작은 수고로움이 있었다. 그렇지만 비가 와서 더 운치 있고 기억에 남는 전시가 됐던 것 같다.

'MIKE-다나 미셀(Dana Michel)'도 처음 경험하는 공연이었다. 3시간짜리 1인극 공연인데, 처음에 배우가 나오지 않아서 의문이었다. 하지만 배우는 이미 공연을 진행 중이었고, 공연장을 배우가 돌아다니면 관객들은 배우를 따라다니며 관람을 하는 형식이었다. 배우는 한마디 말없이 모든 것을 행동으로만 보여 주는데 흐름을 이해하는 데 큰 어려움이 없었다. 다만 왜 저런 행동을 할까 라는 구체적인 궁금증을 가지게 되고 각자 혼자만의 해석이 필요했다. 3시간짜리 공연이어서 그런지 관객은 자유롭게 입·퇴

장이 가능했고, 배우도 관객의 움직임에 신경 쓰지 않고 자신만의 공연을 계속 펼쳤다. 이러한 자유로운 공연은 처음이라 신기하면서도, 오로지 혼자 3시간을 이끌어 가는 힘이 멋있었다. 또한 나도 나중에 이와 같은 작품을 해 보고 싶다는 생각이 들었다.

  기억에 남는 연수 프로그램은 VV(Visual Vernacular 시각언어) 워크숍에 참여한 것이다. 진행은 일본 농인 예술인으로서 방송뿐만 아니라 다양한 예술 활동을 하고 계시는 '나스 에리'님과 '카즈키'님께서 맡아 주셨다. 그들이 알려 준 수어랑 비슷한 VV는 손과 얼굴을 같이 사용하는데 국제적으로 통용될 수 있다는 점과 배우기 편하다는 점이 가장 큰 장점이었다. 워크숍을 하면서 조를 이루어 조별로 VV를 활용한 이야기도 만들어 보았다. 우리 조는 '한국무용 공연과 관람'이라는 주제로 발표해 보았는데 나름 칭찬도 받아서 뿌듯했었다.
  이외에도 '교토실험축제' 디렉터와 극장 '롬씨어터 교토'의 담당자, 그리고 VV 프로그램을 진행했던 농인 예술인과의 인터뷰도 진행했었다. 서툰 일본어 실력에 번역기를 동원하여, 인터뷰를 부드럽게 진행하기 위해 우리는 나름 노력을 많이 했었다. 우리의 노력이 보였는지 인터뷰이분들은 차근차근 대답해 주며 그들의 대답이 잘 전달되게 애써 주었다.
  먼저 '롬씨어터 교토'에서는 직접 극장 역사 소개를 해 주시며 극장 내 장애 관람객을 위한 배리어프리가 무엇이 있는지 알려 주

교토실험축제 디렉터 '줄리엣 레이코 냅' 님과 우리팀

카즈키와 나스에리와 우리팀

롬씨어터 교토와 우리팀

었다. 극장 시설에서 접근성에 용이한 경사로를 비롯해 극장 내 점자 유도 블록, 휠체어 대여, 장애인 화장실 등이 있었는데, 장애인 화장실에는 넓은 공간은 당연하고 장루·요루 장애인을 위한 위생 시설과 큰 침대도 같이 있었다. 그걸 보면서 우리나라에도 청소도구가 배치되어 있는 장애인 화장실이 아니라, 조금 더 쾌적하고 편리한 장애인 화장실을 만들 수 있으면 어떨까 라는 생각이 들었다. '교토실험축제' 디렉터와도 이야기를 나누었는데, 올해 14번째를 맞은 축제의 전반적인 설명과 프로그램 내의 배리어프리 활용에 대해서 얘기해 주었다. 그리고 한국에서의 공연 배리어프리에 대해서도 궁금하다고 하여 내가 진행했던 연극 〈임지윤의 하루〉에서의 점자 팸플릿, 큰 글자 팸플릿, 배우 얼굴을 본뜬 석고의 터치 투어 등을 설명해 드렸다. 담당자는 좋은 사례라고 얘기해 주었다.

마지막으로 일본 농인 예술인 '나스 에리' 님과 '카즈키' 님과의 인터뷰도 진행하였다. 나와 같은 장애예술인으로서 비슷한 점도 많았고 다른 점도 분명 있었다. 우리는 서로 각 나라의 장애예술에 대한 이야기를 나누면서 자신이 예술인이 된 과정과 현재 어떤 활동을 하고 있는지 그리고 활동하면서 어려움은 없는지에 대해 이야기하였다. 인터뷰를 마무리하며 '자신에게 예술이란?'에 대한 답을 한 단어로 요청드렸다. 나스 에리 님은 '폭발'이라고 하였다. 차별에 얽힌 것들을 폭발시킨다는 의미로 폭발로 인한 긍정적인 시너지 효과가 나올 수 있을 거라고 말하였다. 카즈키 님은 '호소'라고 답변하였다. 자신의 경험과 생각을 예술로 표현할 수 있기 때문이라고 하였다. 언어의 장벽은 있었지만 너무 공감되고 즐겁고 의미 있는 인터뷰였다.

본 사업을 진행하면서 앞으로 더 다양한 장애예술인을 만나고 싶다는 생각이 가득 들었다. 앞으로 또 기회가 된다면 나의 이야기도 나누고 타인의 이야기도 들으면서 또 새로운 예술이 만들어질 것 같다는 기대감이 들었다.

장애인 태권도 국가대표 선수로 도전

...

    현재 나는 2024년 장애인 태권도 국가대표 선수다. 사실 태권도를 시작한 건 성인이 되고부터다. 마음 같아선 어릴 때부터 하고 싶었다. 우리나라에선 유치원 다닐 때쯤부터 아이들은 여러 학원을 다니기 시작한다. 그중 어린 내가 마음이 갔던 곳은 태권도장이었다.

    하지만 부모님께선 위험하다는 이유로 다른 학원은 다 보내 줘도 태권도장은 보내 주지 않으셨다. 부모님 마음을 이해 못하는 건 아니었지만 어린 마음에 속상함과 '언젠가 꼭 해야지'라는 마음이 가득했다.

    성인이 되어서 2017년 5월, 자취를 시작하고 경제적인 능력이 만들어지면서 집 근처 태권도장을 다니기 시작했다. 첫 도복을 입었던 때와 태극 1장을 배우는 그때는 20여 년의 한을 푸는 순간이었다. 중간에 이사를 하면서 도장을 한 번 바꾸고 2018년 12

월, 국기원에서 1단 심사를 보았다. 그리고 또 이사를 하며 도장을 바꾸고 2021년 2월, 2단 심사를 보았다. 그러다 코로나19로 인해 한동안 태권도를 쉬게 되고 또 이사를 하게 되었다.

2023년은 내 인생에서 태권도가 깊게 들어온 해이다. 그해 3월 경 우연히 '장애인 태권도'를 검색하게 되었고, 단증이 있으면 장애인 태권도 선수로 등록할 수 있다는 것을 알게 되었다. 그래서 2단 단증이 있었던 나는 거주 지역인 '서울'로 클릭하여 선수등록을 하게 되었는데, 그게 서울시 소속 장애인 태권도 선수로 등록되는 건지 뒤늦게 알게 되었다. 그렇게 그해 5월 자연스럽게 서울특별시장애인태권도협회 소속 태권도 선수가 되었다.

서울시 소속 선수가 되기 전 4월에 국제스포츠등급심사를 받게 되었다. 이 심사는 원래 외국 가서 받아야 하는데 그해 처음으로 국내에서 심사를 받을 수 있도록 진행되어서 운이 너무 좋았었다. 심사를 받고 6월 국내 첫 대회를 나가게 되었다.

여자 경기는 -47kg, -52kg, -57kg, -65kg, +65kg 5체급으로 분류되는데, 우리나라엔 지체장애인 태권도 여자 선수가 전국에 3명(3체급에 한 명씩)밖에 되지 않아서 자동으로 1등이 되어 상을 받게 되었다. 정식 경기가 아닌 이벤트 경기(대결 상대가 없어서 체격이 비슷한 청각장애인 선수가 대결 상대로 뛰어 줌)로 뛰긴 했지만 나에겐 소중한 첫 경기였다.

그 후 2023년 10월에 3단까지 단증을 따게 되었고, 그 달 서울

태권도 첫 대회 출전

소속팀 추천을 받아 진에어에 태권도 선수로 입사하게 되었다. 쉽게 설명하자면 배구의 한국도로공사나 흥국생명 등 기업의 소속으로 선수 생활을 하는 것이다. 덕분에 운동을 하면서 수입이 조금씩 되었지만 그만큼 좋은 성적을 내야 하는 선수로서의 책임감도 있었다. 그리고 2023년 11월 '2024년도 장애인 태권도 국가대표 선발전'에 나가게 되었다. 우리나라에 3명밖에 없는 지체장애 여자 선수들은 -47kg, -57kg, -65kg으로 출전했고, 정식 경기 대신 몇 가지 발차기 테스트 후 모두 국가대표가 되었다.

2024년이 되고 1월 말부터 훈련이 시작되었다. 내심 기대도 되었고 걱정도 있었다. 주변 국가대표 선배님들의 얘기를 들었을 때, 엄청 힘들다는 얘기를 많이 들었기 때문이다. 안타깝게도 그 얘기들은 사실이었고 생각보다 더 힘겨웠다. 사실 그동안 나에게 운동은 취미이자 즐거움이었지만, 국가대표는 달랐다. 운동을 배우려고 온 것이 아닌 이미 자기가 가진 실력을 최대치로 뽑아, 대회를 나가는 것이 목표이기 때문에 훈련 강도 자체가 달랐다. 매일 2~3시간씩 오전, 오후, 저녁 운동을 했고 강도는 점점 높아졌다. 매일 러닝머신 1시간은 기본이고, 사이클, 발차기를 위한 스태프 훈련, 공격기술을 위한 스피드 훈련, 근력을 키우기 위한 웨이트 훈련 등 평생 하는 운동을 몰아서 했다고 할 정도의 훈련이었다. 정말 중간에 많이 울기도 하고 포기할 마음이 들었지만, 오늘만 버티자 라는 마음으로 있다 보니 다행히 훈련을 마치게 되었다. 다른 선수들은 어릴 때부터 태권도를 하거나 신인선수 훈련을 몇 년 동안 받고 왔지만 나는 바로 국가대표가 되었기 때문에 뒤처지는 것이 당연했다. 그걸 당연하게 여기지 않고 뒤처지더라도 얼른 빠르게 습득해서 좋은 결과를 만들고 싶은 마음이 강하게 들었다.

2024년 2월, 이란으로 첫 국제 대회를 나가게 되었다. 정말 정신없고 긴장이 많이 되었던 경기이다. 이란이라는 먼 나라에 가서 시차 적응도 필요했지만, 훈련은 계속되었다.

이란에서 여성은 히잡을 써야 했고, 이성 간의 헬스장 혼용 사용이 금지되는 등의 성별 분리가 심해 훈련받는 게 쉽지 않았다. 남자 선수들이 헬스장에서 훈련받을 땐 여자 선수들은 어쩔 수 없이 외부에서 훈련을 받아야 했다. 체중 조절도 필요했기 때문에 음식도 마음 편히 먹지 못했다. 그렇게 해외에서 정신없이 준비하고 경기에 참가하게 되었다.

경기장에 들어갔는데 그러면 안 되었지만, 무척 긴장이 되어서 '여긴 어디, 나는 누구'라는 생각이 계속 맴돌았다. 심장이 매우 크게 뛰고, 다른 선수들을 직접 보니 체격도 다들 좋아 보여 위축도 되었다. 유감스럽게도 출국 전날 계체 준비를 위해 개인적으로 운동했다가 무릎을 다쳐서 컨디션도 그닥 좋진 않았었다. 그 와중에 샅보대는 작아서 잘 안 들어가고, 마우스피스는 성형하질 못해 새것의 상태 그대로 사용해 버렸다. 많은 것들에 신경 쓰다 보니 경기에 집중이 되지 않는 건 당연한 결과였다. 참패로 져 버렸고 눈물이 앞을 가렸다. 마음처럼 몸이 움직여 주지도 않고, 이렇게 크게 점수 차가 날 거라 생각도 못했기 때문이다.

첫 대회로 어떤 부분들이 부족한지 확실히 알게 되었고, 부족한 부분들을 중심으로 다음 훈련에 매진하는 중이다.

올해 처음 장애인 태권도 국가대표가 되고 김예선 감독님과 오원종 코치님의 지도하에 열심히 훈련받고 태권도 선수로서 한 발짝씩 나아가고 있다. 다른 선수들에 비해 늦게 시작한 나라서 아직 배울 것이 많지만 대한민국 국가대표로서 어디 나가서도 부끄럽지 않게 노력할 것이다.

지윤이가 지윤이에게

...

안녕 지윤아. 너에게 편지를 써 보려 해.

먼저 그동안 살아오면서 고생 많았다고 얘기해 주고 싶어. 이 한마디가 네가 살아오면서 겪은 모든 아픔과 상처를 치유할 수 없겠지만 그래도 전하고 싶어.

유감스럽게도 앞으로 더 많은 고민과 역경이 있겠지만 지금까지 잘 견뎌 온 만큼 앞으로도 그럴 거라 믿어 의심치 않아. 혹시나 살다가 정말 힘든 경우가 생기면 혼자 끙끙 앓지 않으면 좋겠어. 너의 주변에 많은 사람이 있다는 걸 기억해 주길 바랄게. 성격상 너의 힘듦을 주변에 얘기하는 것이 어렵겠지만 혼자 아파하는 것보단 훨씬 좋은 결과들이 나올 거라고 얘기해 주고 싶어.

현재까지 약 10년의 예술 활동을 했는데 어때? 공연을 하면서 기분이 즐거울 때도 있었고, 눈물 나게 힘들 때도 있었고, 머리가 복잡할 때도 있었고, 마음이 뭉클하게 감동적일 때도 있었지?

모든 때가 소중한 순간이라고 생각해. 그리고 아무리 오래 연극을 한다고 해도 10년 전 처음으로 공연에 참여했을 때와 현재 공연을 참여할 때 그 긴장감은 똑같은 거 같아. 무대를 서거나 기획을 하거나 연출을 할 때 어느 분야든 언제나 긴장을 하는 너인데 그 긍정적인 긴장감은 좋은 것 같아. 그 긴장감을 가지고 관객을 만날 때 너에게 더 빛이 나는 것 같아. 그리고 만약 똑같은 공연을 오래 하더라도 대부분의 관객은 그 공연을 처음 보러 온 걸 수도 있으니 한 공연에 익숙해지지 않고 항상 첫 마음가짐으로 공연에 임하는 걸 중요시 여기는 너잖아. 너의 그 마음이 관객에게 잘 전달될 거라 생각해. 그 마음 변치 않고 관객과 오래 만났으면 좋겠어. 관객이 필요로 하는 예술인이 되길 바랄게.

그리고 예술 활동과 더불어 네가 하는 모든 앞길을 응원해 주고 싶어. 지금도 여러 가지 활동을 하고 있지만 네가 이루고 싶은 것은 아직 많이 남았잖아.

외국 가서 공연하기, 내 극장 만들기, 해외 다양한 놀이동산 가기, 여러 캠핑장 가기, 혼자 배낭여행을 하거나 세계 일주하기, 마라톤 완주하기, 마마무와 같이 밥 먹기, 바디 프로필 찍기, 자가 단독주택 살기, 오픈카 타기, 사랑하는 사람과 결혼해서 평생 행복하게 살기, (아이가 생긴다면) 남부럽지 않게 키우고 아이와 함께 멋진 사람으로 같이 성장하기, 죽기 전에 내 지인들 모두 모여서 파티하기, 죽을 때 후회 없이 떠나도록 하고 싶은 거 많이 하면서 살기, 영향력 있는 사람 되기, 많은 사람 만나고 최대한 많은 경험하기 등등. 살면서 꼭 모두 이루길 바랄게.

언젠가부터 너는 유명해지고 싶다고 생각했잖아. 그 유명함은 단지 돈을 많이 벌거나 인기가 많아지는 게 아니었지.

네가 너의 분야에서 멋진 사람으로 성장했을 때 많은 사람이 너의 노력을 인정해 주고 너를 있는 그대로 봐줄 때를 바란 거지. 그럼 어린 시절에 너를 놀리거나, 못되게 굴었거나, 너를 있는 그대로 봐주지 않았던 사람들에 대한 나름의 귀여운 복수라고 생각했지.

이젠 그런 생각이 들어. 그들도 장애를 가진 사람을 처음 보았기에 너를 어떻게 대할지, 어떻게 친해질지, 어떻게 바라봐 주어야 할지를 몰랐던 것 같아. 이젠 네가 스스로 많이 드러냄으로써 이런 사람도 세상에 존재한다는 의미로 많이 유명해졌으면 좋겠어. 더 이상 나처럼 상처받는 사람이 없도록, 더 이상 장애는 잘못된 게 아니라 단지 다른 사람이란 걸 많은 사람이 알 수 있도록. 좋은 영향력을 끼치는 사람이 되길 바랄게.

겨울보단 여름을 좋아하고
고양이보단 강아지를 좋아하고
부먹보단 찍먹을 좋아하고

산보단 바다를 좋아하고

목살보단 삼겹살을 좋아하고

즉흥보단 계획을 좋아하는,

'인생은 죽음을 향해 달려간다'는 말보다 '오늘 지금 이 순간이 가장 젊은 날'이란 말을 더 좋아하는 지윤아.

항상 젊은 마음으로 행복하게 지내길 진심으로 바랄게. 너의 모든 모습과 있는 그대로를 많은 사람이 사랑해 준다는 것을 언제나 기억해.

후회 없이 즐기며 살자!

Be yourself

Respect yourself

2024년 꽃내음이 옅어지고 햇볕이 가득해지는 어느 날

지윤이가 지윤이에게.

임지윤

한국예술종합학교 연극원 예술경영 전공, 연출과 부전공 졸업
현재 파라스타엔터테인먼트 소속 배우

2023 〈길 떠나는 고목〉 기획
2023 〈두 개의 시선〉 배우
2023 제1회 연습실에서 〈독백하기〉 총연출
2023 〈그 집 모자의 기도〉 배우
2022 〈임지윤의 하루 2〉 작연출 및 출연
2022 〈여기, 한때, 가가〉 출연
2022 A+페스티벌 〈그 집 모자의 기도〉 출연
2021 아시아연출가전 〈여기, 한때, 가가〉 출연
2021 〈임지윤의 하루〉 작연출 및 출연
2021 제4회 페미니즘연극제 〈여기, 한때, 가가〉 출연
2013 한국예술종합학교 연극원 상자무대 2 기획 이후 다수

유튜브
2022 잇다 〈장애에 대한 시선〉 인터뷰
2022 서울퀴어페레이드 〈퀴어예술가〉 인터뷰
2021 낭독 뮤지컬 〈라스 올라스〉 오디오북 Hear, See : 인터뷰어ver. 출연
2021 이음온라인 〈예술이 뭐라GO〉 출연
2021 〈같이 잇는 가치〉 '잇터뷰' 임지윤 연출편 출연
2021 〈웹진연극in_200호〉 '렛미인트로듀스' 임지윤 출연
2020~현재 채널 〈유니의 시간〉 운영 중